暗いところで待ち合わせ

乙一

幻冬舎文庫

暗いところで待ち合わせ

第一章

本間ミチルが視力の異変を最初に感じたのは、三年前、病院の待合室でのことだった。それまで頻繁に病院を利用していたわけではなかったので、やけに蛍光灯が薄暗いのはいつものことなのか、それとも弱っている蛍光灯を取り替えていないだけなのか、わからなかった。

近くのベンチに座っている子供連れの女性は、ごく普通に雑誌を読んでいた。それを見てはじめて、蛍光灯ではなく、自分の目がおかしいのだと気づいた。

近いうちにほとんど目が見えなくなるでしょうと、医者に宣告された。それが、あの事故の結果だった。青信号で渡っていたら、信号無視をした車にぶつかった。頭を強く打ったこと以外に、何も怪我はしていない。それなのに、光をなくした。

スイッチが切れるように、突然に何も見えなくなるというわけではなかった。一週間かけてゆっくりと、ミチルの目に映るすべての光は弱々しくなっていった。

徐々に暗闇の濃くなる視界の中で、自分が不思議と冷静だったことをミチルは覚えている。

まだ視力が半分は残っているとき、辺りは常に夕方のうす闇に包まれているようだった。

家の裏手には駅があり、居間の窓を開けると、ちょうど正面に駅のホームがある。日差しの強い夏だった。目の上に手をやって、陽光が直接、目に当たらないようにしている者もいた。日傘を差している女性もいた。

見える世界は薄暗い。だれもが黒く濁った水中にいるようだった。それなのに、ホームに立っている人々はまぶしそうにしている。それが不思議に思えた。徐々に自分だけが、周囲とは断絶した違う世界へ移行している気がした。

父に申し訳ないという気持ちがあった。物心ついたときに母はおらず、顔も見たことがない。ずっと父娘二人で助け合って暮らしてきたのだが、これまでのように自分が食事などの世話をすることはできなくなった。この暗闇になれるまで話の相手もできなくなるかもしれない。自分は父の人生の足枷《あしかせ》となるだろう。

ミチルはまた、暗闇の濃い世界へひきこまれていくにつれ、まるで父を残して自分だけ旅へ出るような気がしていた。

これまでにいた場所ではない、もっと寂しく、静かな場所へ自分は向かうのだ。大学に入っても、父と離れて一人で旅行をすることなどなかった。普通の人と比べて、それが一般的でないのかどうかミチルにはわからないが、父だけを残して行くような罪悪感があった。

やがて、ミチルの視界は暗闇に包まれた。時計の針が深夜の時間帯に固定されたまま、動かなくなったようだった。

ただし、まったく見えなくなったわけではない。太陽や、写真のフラッシュなど、強い光だけはかろうじて暗闇をつき抜けてミチルの視神経にまで届いた。といっても、輝くような光が見えるわけではない。小さな弱々しい赤色の点として、それらは見えた。晴れた日に空を見上げると、蠟燭《ろうそく》の炎よりもさらに弱々しい赤い太陽が、黒一色の世界に浮かんでいるのだ。ミチルが医者に聞いた話では、完全な盲目という人間は意外と少ないらしい。

見えなくなってしばらくは父にも心配をかけたが、その父も去年の六月に、脳卒中で突然、死んだ。

点字を覚えるのは意外と簡単だった。やってみる前は、点の集まりのどのあたりが文字なのかと思っていたが、法則さえ知ってしまえば、ひらがなやアルファベットよりも単純で驚かされた。

目が見えなくなると医者に言われて、完全に見えなくなるまでの時間、父といっしょに点字の本を読んだ。

ミチルの学んだ六点式点字は、名前のとおり、六つの点の組み合わせで文字を表す。横に二列、縦に三段の六つの点である。

一番左上にひとつだけ点があると「あ」。

その点の下にもうひとつ点が増えれば「い」。

下ではなく、右側に点が増えれば「う」。

そして、下と右の両方に点があれば「え」。

「え」の、三つの点から、一番左上の点を取り去ったものが「お」。

まるで二進数のように、端から順番に可能性が埋まっていく。これらの母音が基本となり、他の点を組み合わせることで五十音を表す。

例えば、「あ」に、一番右下の点を加えると、「か」になる。「え」と、右下の点の組み合わせなら、「け」である。

問題は、指先で正しく凹凸を感じ取れるかだった。しかしそれも、時間が解決した。

完全に視界が閉ざされた後、父が図書館から点訳された本を借りてきてくれた。ミチルがふさぎこまないようにと、父はいつも心配しているらしかった。

父がいっしょに点字を学んだのは、点字を打てるようになるためだった。紙に文字を書いたのでは、ミチルは読めない。しかし点字なら、伝言が残せる。

点字を打つためには、点字板、点筆、点字用紙をつかう。紙を板に固定し、点筆という先端の尖った棒を押しつけて、紙に点を打つ。

まだ点字を習いたてのころだった。会社が休みで、家にいるはずの父が、いつのまにかいなくなっていた。ミチルが二階の自室にいた間に、どこかへ出かけたらしい。

台所のテーブルに、どうやら父の打ったらしい点字のメモが残されていた。小さな突起の塊が、横一列に並んでいる。点字はいつも横書きなのだ。

指先で読む練習をしようと、目を閉じてメモを読んだ。紙に並んだ点々の突起を注意深く調べ、文字をひとつずつ解読する。

「るくてっいにのもいか」

そう書いてあった。意味がわからない。左から右へ、何度、注意深く指先でなぞってもそう読める。

やがて、父のおかしたミスと、メモに書かれた点字の意味がわかった。

点字は、突き出た点を指先で読むものである。しかし、点字を打つときは、点筆で穴をうがつようにする。したがって、左から右へ読める点字を作成するためには、右から左へ点字を打って紙を裏返さなければならない。

それを父は、読むのと同じで、左から右に点字を打ってしまったらしい。だから、逆に読めばいいのだ。

父が残した点字の紙は、すべて保管していた。死ぬまでに、意外と多くの紙の束になっていた。その紙の多さが、きっと父とのつながりの深さだった。中でも、「るくてっいにのもいか」と打たれた紙は、もっとも大切な父の遺品になった。

この暗闇は永遠に続く。そのことをミチルは、さほど悲観しなかった。暗闇は暖かかった。それに包まれていると、世界には自分しかいないように思える。

父がまだ生きていたときも、薄々、その感覚はあった。部屋に父がいたとしても、見えなければ、声をかけられるまで自分以外にだれも存在しないのといっしょだった。

父が咳ばらいするのを聞くまで、同じ部屋にいるのだということを忘れていたことさえある。父の存在を自分の生活から切り離してしまったみたいで申し訳なく、そのときは慌てた。そうやって父の存在を思い出すことで、暗闇の世界へ深くもぐりこんでいくことに歯止めがかかっていたのかもしれない。

父がいない今、それはなくなった。点字の本も、ほとんど読まなくなった。家の中には自分だけが残った。

たまに、小学生のときからの友人である二葉カズエから電話がある。いっしょに外へ出て、生活に必要なものを買いそろえる。外とのつながりといえばただそれだけである。だから何日も、だれとも言葉を交わさずに過ごすことが多い。掃除や洗濯をする必要のないひまな時間、よく居間の畳に寝転がって、胎児のように体を丸めて過ごした。おそらく世界中で様々なことが起こっているのにちがいないと思う一方で、そうして暗闇に包まれていると、自分は世界と一切、何の関係もないように思えた。

自分にあるのは、家と、その中に充ちている暗闇だけだ。他には何もない、コンパクトな一人だけの世界。家が卵の殻、暗闇が白身、自分が黄身。寂しいような、それでも穏やかな気分だった。まるで自分が柔らかい布に包まれて埋葬されているようでもあった。

突然、急行電車の走り去る音がして、自分が日本にいることを思い出す。家の裏にある駅に、急行の電車は止まらない。地面の奥底にまで振動が到達するような音をたてて通りすぎる。それで、そういえばまだ自分は死んでいないのだということを知る。

いつも暗闇だと、何も見えないせいで、いろいろなことを思い出す。とくに、嫌な思い出ばかり頭の中にあふれてくる。もっと楽しい、例えば小学生のときにクラスの全員が解けなかった問題を自分だけ正解していて一目おかれたことなんかを思い出せばいいのに、そうはならない。

十年前、中学生だったときのことだ。廊下を歩いていると、みんながミチルのほうを気にしてちらちら見ている気がした。視線を向けると、みんなは目を逸らす。なんでもないように振舞う。しかし、どこか雰囲気がおかしかった。

わけがわからずに不安でいると、二葉カズエが後ろから近づいてきて、ミチルの背中から何かをはがした。ノートを破ったものが、ガムテープで制服の背中に貼りつけられていた。マジックで、悲しくなる言葉が大きく書かれてあった。

「よくあるよね。少し前に、私もやられたわ」

困ったものだ、という表情をしてカズエは紙を丸めた。ミチルは頭を掻きながら、笑って頷いた。

だれもが経験するようないたずらで、気にする必要はないのだ。頭ではそうわかっていた。

それでも、カズエと別れた後、背中の貼り紙に気づかないで廊下を歩いていたときのことが頭に蘇《よみがえ》った。露骨に笑うのではなく、横目で眺めて忍び笑いをするようなみんなの仕草を思い出す。

　トイレで少し吐いた。恐ろしかった。

　日ごろから、自信のかけらもなかった。自分の姿は、どこかがおかしいのではないかと、いつも不安だった。どこかで笑い声が起こると、自分が話題にされたのではないかと、いつも怯《おび》えていた。

　教室の机は、それぞれ五十センチ程度の隙間が空けられて並んでいた。教室内を移動するときは、その隙間を抜けて歩かないといけなかった。しかし、親しくないクラスメイトたちが身を乗り出して隙間越しに会話をしていると、その間を通ることができずに遠回りすることがあった。挨拶をして少しだけ避《よ》けてもらえば簡単だったのだが、たったそれだけのことさえできなかった。

　中学と高校は、先生や力を持ったクラスメイトに目をつけられないよう、静かに生活した。いつも、かろうじて立っていた。外にいると、ただ歩いているだけでも、全身に傷を負った気がした。

　今でも、背中に貼られていた紙のことを思い出すと、心から血が噴き出してしまいそうになる。でも、もう終わったのだと自分に言い聞かせ、耐える。

外は傷つくことでいっぱいかもしれない。しかし、何も見なくてすむようになった今、家から出ずに保険金だけで暮らしていけば、もう心を乱すようなことはない。

子供のころ、日のあるうちに居眠りしてしまって、目が覚めたとき辺りが真っ暗だったということがあった。そんなとき、不意をつかれたように感じ、最初は戸惑った。暗闇に包まれるのはいつも、夜に布団で眠るときか、何かの機会で暗い道や廊下を通るときだった。いずれの場合も、さあ電気を消すぞ、暗いところに身を置くぞ、と事前に心構えがある。しかし、居眠りから起きたときはそれがないから、不意をつかれて慌てるのだろう。はっきり言えば、そのころ暗闇が恐《こわ》かった。

暗闇は普通、恐怖の対象だ。子供のころは、家の中でもそうだった。暗闇とお化けの間に密接な関係があり、自分はそのうちに尋常でないものを見てしまうだろうと思っていた。

しかし今、ミチルの周囲はいつも暗い。お化けを恐がるためにはまず、声で時刻を知らせてくれる時計に今が夜かどうかを聞くか、カズエに辺りが暗いのかどうかをたずねなくてはならない。今もお化けは少し恐い。だから夜になると、自分には関係ないのに一応、電気をつける。それでも、家の中という限定つきで、暗闇は毛布のように心地よくなった。

居間の畳の上で寝転がり、体を暗闇の中で丸めていると、このまま動かずに死ぬまでそうしていようかと思うことがある。暗闇の中でじっとして、窓から入る日差しの変化を体で受けとめ、暖かくなったり冷えたりの繰り返しを感じるだけの時間を過ごす。飲まず食わずのまま何年間も生きられそうだった。そのうちにしわしわの老人となり、寿命がくるとようやく眠るように息をひきとるような、静かで平和的な消滅を得られそうな気がした。

何時間も寝転がり、動きといえばときどきまばたきするだけだ。そうやって全身の力を抜いた状態でいると、はたして自分の意思で動かないようにしているのか、それとも実際に動けなくなったのか、わからなくなる。毎回そうなるたびに、よし、今回は死ぬまで、と思う。

台所のほうから、冷蔵庫のわずかな振動音だけが聞こえてくる。家の中がゆっくりと甘く腐っていくように感じる。地獄だ。家の中の世界はゆっくり下降し、地の底へ突き進んで、やがて地獄へ行きつくのだ。そう思う。

立ちあがると、流しまで歩いて、コップに水を注ぐ。縁からあふれて、その水がコップを持つ手にかかると、蛇口を閉める。水を飲み干して、今度は冷蔵庫へ向かう。

じっとしていることをやめたことについて、自分は意気地なしだ、と思う。いつも、途中で引き返してしまう。冷蔵庫の振動音にも責任がある。自分にも空腹があるのだということを思い出させるからだ。

自分のような人間が一人暮しすることを心配してくれる人もいる。その日、家をたずねてきた警察の人もその一人だった。警察の人といっても、ただ、相手がそう名乗り、ミチルはそれを信じることにした。

玄関のチャイムは、水面に波紋が広がるような音である。暗闇の中でそれを聞くと、玄関のほうにだれか珍しく他人というのがいて、その存在の波動が音となり、玄関を中心に家全体へ広がっていくように思える。

玄関を開けると、若い男の声で挨拶をされた。彼は自分が交番の人間であると説明した。制服を着ていたのかどうかは、ミチルにはわからなかった。最初、彼は険《けわ》しい声で話をしていたが、ミチルの視力に障害があることに気づくと、声から険しさを取り除いてミチルの生活の心配をした。

食事や買い物などはどうしているのか。もしも何か困ったことがあれば、交番に電話をするといい。そんな話をした。

彼が何かを懐から取り出す。その音が聞こえた。暗闇の中で、ミチルの手に何かが触れる。どうやら彼の手らしい。手の中に、紙片らしいものを握らされる。交番の電話番号を書いといたから。

彼はそう言って、本題に入った。

何か家のまわりで不審なことがありませんでしたか。

不審なことと聞いて、昼前のことを思い出す。チャイムが鳴らされて、玄関へ行ったが、だれもいなかったのだ。ドアを開け、外に出て周囲に呼びかけても返事はなかった。おそらく近所の子供のいたずらだろうと思う。

チャイムが鳴ったら、だれが来たのかを確認せずにドアを開けてしまう癖があった。自分にとって覗き窓は意味がない。なんとなく、客を待たせるのも申し訳ない気がして、ほとんどいつも慌ててドアを開ける。もしも強盗が入ってきてひどいことをされそうになったら、舌でも噛んで死のうと思う。

無人のチャイムのことは、わざわざ報告するまでもないと思い、交番から来た人間には言わなかった。何も変わりはないということを説明すると、彼は、そう、と言って頷いたようだった。他の家の住人にも同じように確認をとってきて、あらかじめその答えを予測していたようだった。

さらに彼は、不審な若い男を見かけなかったかと質問した。その直後に、あ、そうか、と彼は自分の言葉の不自然さに気づいたようだった。もちろんミチルは、何も見ていないと答えておく。

物騒だから、気をつけてね。彼はそう言うと去っていった。後に残されたミチルは、手に握らされた紙片をどうしようか困った。交番の電話番号が書かれているという。捨てるのもなんだか忍びない。かといって、紙に書かれているだけでは、自分には読めないのだ。

はたしてなぜ交番の人間が見まわりをしているのだろうか。心当たりを探していると、朝のことを思い出す。

毎朝、居間の窓を開けて風を入れるのが日課だった。今朝、開けていた窓を閉めようとしたとき、やけに外が騒がしかったように思う。

パトカーの音や、多くの人間のざわめきを聞いた。しかし自分には関係がないと思い、ミチルは二階の自室へ閉じこもってそのことは忘れた。

不安に思いながら、玄関から居間へ向かいかけた。

そのとき台所のほうで、かすかに硬質な音がする。棚に積んである皿かなにかが鳴ったようだった。だれも触れていないのに食器が音をたてることは、多くはないが、あることだった。積み上げ方に問題があるのだろう。

不安で胸がざわめいた。深い暗闇の向こう側から、空気を伝わって、何かがいるような漠然とした気配を感じた。

しかし、すぐに考えすぎだとわかった。台所に行って手探りしてみれば、洗ってない食器がたまっている。さきほどの音は、食器たちの抗議活動だったのだろう。

十二月十日のことだった。

□□□□

ここ一週間ほど自分の心を占めていた感情が、今朝、消えた。するとその部分は虚《うつ》ろな穴となり、今では体を動かせないほどの脱力感だけがある。

心が抜け落ちてしまったようだった。一人の人間が死んだというのに、何とも思わない。自分の胸の中にあるのは、温かい血液の流れる心臓ではなく、冷たく重い石なのではないかと思えてくる。

少なくとも今朝までの考えでは、松永トシオが死ねば嬉しさを感じるはずだった。人の死を喜ぶのだから、自分はひどい人間だと思う。しかし実際は違っていた。喜びも、悲しさも、何もない。

今朝までは確かに、自分の体内は不安定なものでいっぱいに満ちていた。それが、駅のホームに立っている彼を見た瞬間、殺意へと変化し、今ではきれいに消えてしまっている。原因は明らかだった。殺意の対象となる松永トシオが、永久にいなくなったからだ。

アキヒロは居間の片隅にもう四時間以上、座り続けていた。

古い木造家屋の東側に、その部屋はあった。八畳ほどの畳部屋で、中心に炬燵《こたつ》がある。アキヒロは、東側の壁と南側の壁、二つの壁がちょうど角を作っている場所に座っていた。

東側の壁に大きな戸棚があった。壁の左側半分をそれが埋めている。この家に入ってすぐ、ちらりと中に目を向けたが、それだけでは何が入っているのかわからなかった。おそらくどこの家にもあるような、爪切りや鉛筆削りなど、置き場所に困った様々なものを一箇所に集めておく棚なのだろう。アキヒロの実家にもあった。

東側の壁、戸棚に隠れていない右側半分には窓がある。窓枠はサッシであるが、家のほかの場所に比べると妙にそこだけ新しい気がした。後からつけかえたのかもしれない。

南側の壁に接して、テレビが置かれている。アキヒロは南側の壁に背中をつけ、東側の壁に右肩を寄せて座っている。そのため、東側の壁とテレビに体をはさまれているような格好だった。ずっと動かずにそうしていると、まるで自分は生物でなく、部屋にある家具のひとつであるように思えてくる。そして、もしそうであるならどれほどいいかと思う。

自分が家具のような無生物であるなら、悩んだり、苦しんだりする必要がなくなるのだ。ただいつまでも座り続け、何かを食べる必要もなく、目の前を家の住人が素通りするだけの日々を送る。やがてくたびれて、新しい家具がくれば、家から放り出されて静かに消滅する。

アキヒロは抱えていた膝を伸ばし、強張《こわば》った足の筋肉をほぐした。できるだけ音をたてないよう、静かにそうする。畳で足をこする音や、衣擦《きぬず》れの音さえも、注意しなければいけない。走ったときの疲労はすでに消えていたが、別の緊張が筋肉にかかっていた。

少しでも音をたててはいけない。でなければ恐ろしいことになる。

窓は、部屋の隅に座っているアキヒロの、ちょうど右肩のあたりに位置している。座った状態で少し顎を上げると、そこから外が見えた。

十二月の冷たい風が、窓の隙間から入ってきて体を冷やす。サッシの窓枠には隙間などないように見えるが、実際はどこかにあるのだろう。それとも、ガラス自体が冷えて、外の冷たさをそのまま部屋の中に伝えるのかもしれない。

北側と西側の壁にはそれぞれすりガラスの引き戸があり、台所と廊下に通じていた。それらは今、閉められている。

この家の持ち主である本間ミチルが、二時間以上前からずっと、石油ストーブの前で寝転がっている。ストーブの火を体で包むように、胎児のような格好で丸くなっていた。

その彼女が寝返りをうった。それまで丸めた背中しか見えなかったアキヒロの方に、彼女の顔が向く。部屋の中心にある炬燵をはさんでいたが、角度的に顔が見えた。

はっとした。長い間、動くことも声を出すこともせずに彼女はじっとしていたから、眠っているものだと考えていた。しかし、寝返りをうってこちらを向いた彼女の目は、開いていた。アキヒロのほうを向いている。

澄んだ瞳だった。

一瞬、自分のことを覚《さと》られたかと混乱したが、彼女には見えていないのだということを思い出した。その証拠に、彼女は悲鳴をあげることはせず、ただ先ほどからそうしているようにじっと体を丸めているだけだ。

まだ、気づかれている様子はない。しかし、これまで眠りもせずにずっと起きていたというのなら、念のため音をたてないでいてよかったと思う。

閉じられた箱のようなこの部屋に、彼女は、一人でいると思っている。しかし実際は違うのだ。罪の意識を感じながら彼女から目を逸《そ》らし、窓の外を見た。

ガラスには一面に水滴がついていて、曇っていた。ストーブに置かれたヤカンの水が、沸騰して蒸気になり、ガラスの表面で冷やされている。今から二時間半前に、水が激しく沸騰した。今は四角いストーブ上の、火の真上ではなく少しずらした位置にヤカンは置かれている。白い湯気がゆっくりと注ぎ口からたちのぼっていた。

音をたてないように気をつけて、窓についた水滴の曇りを左手で拭《ぬぐ》った。左手のひらが、冷たく濡れる。部屋の中は暖かいはずだったが、手についた水滴の冷たさが腕を伝わり、背中から足先まで抜けた。

左手で拭った部分だけ、ガラスから曇りが取り除かれる。透明になって、外が見えた。

窓の外、二メートルほど離れた場所に、駅のホームがあった。手前側にあるものと、線路をはさんで奥にあるものの、二つがある。窓から見えるホームは、ちょうど先端だ。窓と向かい合ったとき、左側からのびてきた駅のホームが、窓の中央付近で途切れたような格好である。手前と奥のホーム、二つのコンクリートの角が見え、その間から線路が出現し、窓の右側へ続いている。

家とホームまでの隙間には植えこみがあり、木が並んで植えられていたが、その窓の外だけはちょうど木の間になって見通しが良くなっている。窓に顔を近づけると、奥のホームの、反対側の端まで視界にとらえることができた。

ホームには多くの人が立っていた。朝に比べたら少なくなったほうだろう。しかし今もなお、黒い作業着を着た人々が、ホームの端から線路を見下ろしていたり、何かを調査していたりする。いずれも険しい表情である。そのような顔の皺《しわ》まで明瞭に、アキヒロのいる場所から確認できる。見ていることが相手に覚えられないよう注意して外を眺めた。

奥に見えるホームの途切れた先に、緑色の金網がある。線路と道との間に張られた金網だった。朝はそこに野次馬が集まって、駅の構内や線路を眺めていた。あれから何時間も過ぎ、今はもうだれもいない。

まさにそこであの男は死んだのだ。アキヒロは、窓から二十メートルほどしか離れていない、線路の向こう側にあるホームを見つめながら、いつのまにか自分の唇が震えていることに気づいた。それを止めるために、唇を強く噛んだ。

ミチルという名前をアキヒロが知ったのは、最近のことではなかった。しかし、話をしたことも、家をたずねたこともない。

　十二月十日の十時ごろ、アキヒロはためらった後に、この古い木造家屋の玄関に立った。

　扉は横にスライドさせて開けるタイプのもので、格子状のサッシにガラスがはまっていた。

　チャイムを鳴らすために、プラスチックのボタンを押す。何十年も昔のデザインをしたボタンで、泥や埃が隙間にはさまっていたから、鳴るかどうか心配だった。しかし、家の中に響く澄んだ音が、外にいるアキヒロの耳にも届いた。

　ほどなくして、扉のガラス越しにだれかが立った。鍵を開けて出てきたのは、若い女だった。この家に視覚障害者の女性が一人で住んでいることはあらかじめ知っていた。

「あのう……?」

　扉を開けた彼女は、戸惑うような声で辺りをうかがった。チャイムを鳴らした後、脇に退いていたアキヒロは、壁に背中をつけて彼女の様子を観察した。

　これまでに彼女を遠くから見たことはあったが、近くで見るのははじめてだった。そして間違いなく、彼女のほうは、自分のことを知らないだろうと思った。彼女にしてみれば不公平なのだろうが、仕方ないことだ。近くで見る彼女は、予想以上に痩《や》せており、不健康そうだった。

「だれも、いないんですか……？」

もう一度、彼女は言いながら、裸足《はだし》のまま玄関から出てきた。足が汚れることを気にしない性格なのだろうか。寒さで赤くなった素足が、玄関前の白いコンクリートに接しているのを見て、まるで子供のようだと思った。無防備すぎないかと思った。もしもガラスの破片が落ちていたり、危害を加えようとする者がいたりしたら、どうするのだろう。

しかしそのときのアキヒロにとって、彼女が玄関から外に出てきたのは都合が良かった。もしもそのような隙が生まれなければ、どこか開いている窓を探して家の中に入ることを考えていたからだ。

アキヒロは、外に出てきたミチルの脇をすり抜けて家に入りこんだ。靴のまま廊下を歩くと音が出るだろうと思い、事前に脱いで靴下のまま待機していた。

玄関に並んでいたのは女物の靴だけだったが、ちらりと見た下駄箱には古い男物の革靴が積めこまれていた。廊下がまっすぐのびており、音をたてないよう気をつけて進んだ。廊下の途中に、洗面所と風呂場、トイレのドアらしいものがあった。突き当たりにすりガラスのはまった引き戸が見えて、そこから廊下はL字に曲がっていた。

背後で玄関の扉の閉まる音がした。振りかえると、ミチルが家の中に戻ってきたところだった。先ほどのチャイムはただのいたずらだったと割り切ったのか、とくに何の表情も浮かべていなかった。

咄嗟《とっさ》にアキヒロは、廊下の途中にあった洗面所へ身を潜ませた。

彼女は目の前を通りすぎた。家の中は歩きなれているのか、突き当たりの位置がわかりきった様子でL字の角を曲がって行った。彼女が階段を上がっていく音が聞こえてくる。

二階にまで行ってしまえば、めったに物音は聞こえないだろう。そう考えて、再び廊下に踏み出した。

一階には台所と居間が並んでおり、使用されていないらしいだれかの部屋や、仏間があった。

アキヒロは居間に隠れ潜むことにした。

それから今まで、動かずにじっとしている。

もう半日もすれば、警察は、駅から逃げ出した男の身元を明らかにして、アパートの部屋に張りつくだろう。どこか警察の捜査を逃れられるところにいなければならない。

印刷会社に就職したのは去年の四月のことで、そのときから一人暮しの生活もはじまった。会社の全従業員は百人程度で、松永トシオはそこでの先輩にあたる男だった。

春になると毎年、新入社員を招いた飲み会が行なわれる。同僚たちとの交流を深めるという名目で開催されており、断ることはできなかった。

酔いがまわりはじめたころのことだった。丸い眼鏡をかけた自分よりも少し上くらいの年齢の男が、少し離れた席で話をしていた。周囲の人はビールの入ったグラスを手にして彼の話を聞いている。話の得意でないアキヒロはそのような場所で手持ち無沙汰になることが多く、そのときもそうだったため、なんとなく耳を傾けてみた。

その男は、前年の春の話をしていた。新しく入社した人間が彼の下で働くことになったのだが、その新人はいかにも頼りなさそうな風貌で、酒も飲めなかったそうだ。そこで、様々な仕事を押しつけて困らせていると、すぐに音《ね》をあげて、会社を辞めていったという。彼はそのことを誇らしげに語ると、一息にビールを飲み干して、心地よさそうな顔をした。

アキヒロは急に体温が冷えたように感じた。眼鏡の男は周囲の人々と打ち解けて話をしていることから、何年も会社で働いている先輩だとすぐにわかった。しかし、彼が今の話を、誇らしげに話して笑っていることが、気分を滅入らせた。隣に座っている男が松永さんと彼のことを呼んだので、名前がわかった。

アキヒロの住んでいるアパートは古い建物の密集した地域にあった。路地は狭く、車が通るとき電柱の横にぴたりと張りついて歩かなければいけない。朝早い時間にその道を、駅まで歩く。

建物の密集した地域を抜けると、線路に沿った道へ出る。線路と道との間には、半ば雑草に埋もれた緑色の金網が張ってあり、急行の電車が通りすぎると風圧でぎしぎし揺れた。

毎日の通勤には電車を利用していた。アパートから最寄りの駅まで、歩いて十五分程度である。そこから二十分ほど電車に乗ると、印刷会社のある町に着く。

ある朝、偶然に、松永も同じ駅をつかっていることがわかった。線路沿いの道を駅のそばまで歩いたとき、道端から金網越しに、ホームに立っている彼の姿を見た。

家が近所なのだろうか。彼のそばには化粧をした若い女が立っており、親しげに二人は話をしていた。女は松永の恋人で、同じ電車でいっしょに出勤しているのだと思った。

飲み会でのことがあったため、松永のことを避けようとする意識があった。駅でも、なるべくはちあわせしないようにと行動したが、いつまでも会わないままでいるのは無理だった。

あるとき、ホームにアキヒロがいるところへ彼が現れ、目が合った。特徴のない形の目が、眼鏡の向こう側にあり、アキヒロを観察した。

同じ部署であるため、彼のほうもアキヒロの顔を覚えていたはずだ。しかしそれまでは、ほとんど話をしたこともなく、彼にとって自分は、目立たない同僚の一人という程度のものでしかなかっただろう。

駅で顔を合わせて以降、それに加えて、お互いに同じ駅を利用している者同士だという認識ができた。

アキヒロが会社で行なっていた業務は、主としてオフセット印刷と呼ばれるものだった。巨大なトイレットペーパーのような原紙を印刷機に載せ、ローラーに通す。はじめは機械任せなのかと思っていたが、しばらく操作していると、職人的な技術を必要とする仕事であることがわかる。

インクは、量によって、同じものでも違う色に仕上がる。顧客からの色指定があり、そのとおりにしなければいけない。最初のうちは人に聞いて動くしかなかったが、やがて人並みに仕事をこなすことができるようになった。

アキヒロはあまり人の名前を覚えない。中学生のころから、そうだった。よく話しかけてくる人の名前は覚えるのだが、とくに自分とは関係がない人間の名前は、三学期の終わりになっても知らないままでいることが多かった。

会社でもその傾向が出て、相手は自分の名前を知っているのに、こちらは知らないという場面がときどきあった。それは、自分が周囲に無関心である証拠なのだろう。

周囲が何かの話題で弾《はず》んでいても、会話に加わりたいと思わない。会話の中身にも、興味が湧かない。普通の人間なら、自分も会話にまぜてもらおうと近寄るのだろうか。しかし、アキヒロの場合は遠ざかる。

一人でいることをいつも望んでいた。そのためにいつのまにか自然と孤立する。その傾向は中学生のときから続いていた。みんなの会話につき合わされることを苦痛に思い、集まって群れているクラスメイトたちを、ときには自分とちがう生き物を眺めるように見つめることがあった。

入社してすぐのころは、仕事が終わってみんなで飲みに行かないかと同僚の者に誘われたが、そのたびに断った。結果として、だれもアキヒロには話しかけなくなった。

これでいいと思うことがある。だれかと話をしていると、なぜかわからないが、自分が否定され続けているように思えてくるからだ。話をしている最中は、普通に応対できるし、まともなことを話すことができる。しかしその後で一人になると、会話の内容を思い出し、ひとつひとつの言葉を反芻《はんすう》してしまう。自分の言ったことについては自己嫌悪し、相手の言葉については様々な疑問があふれる。会話の最中には気づかなかった意思や価値観のすれ違いに気づき、打ちのめされる。自分の考えや想像していたものが、周囲の人の価値観に侵食されて、破壊されていくようでもあった。だから結局のところ、世間とは無関係になって孤立しているのが、一番、穏やかな気持ちでいられる方法だった。

いつも群れになって行動している人々が、理解できない。よほど他人に合わせるのが上手なのか、鈍感なのか、大勢の中に自分が埋没していても、平気なのだろう。自分はその仲間に入るまいと思う。

松永に目をつけられたのは、入社して一年ほどたったときだった。

金属製の階段の脇に、巨大な棚があった。その中から、掃除用の洗剤を探していた。

「何を探してる？」

ふいに背後の頭上から声がかけられた。階段の上に松永が立っており、金属の手すりに体重を預けるようにしてアキヒロを見下ろしていた。

洗剤を探しているのだということを説明した。

「それならおまえの後ろにあるだろ」

そう言われてあらためてよく見ると、確かにあった。礼を言って頭を下げたアキヒロに、彼は言った。

「おまえ、目えついてんのか」

罵《のの》りに近い口調だった。とくに仕事のミスというわけではないはずだった。だから、突然に強い口調で言われて、はっとした。松永の顔を見ると、どこか瞳の奥でじっと見つめるものがあり、背後にそっと立たれたような不気味なものを感じた。

他の社員たちは仕事の場所以外でも、松永といっしょに遊んだり、食事をしたりといつきあいをしているようだった。しかし、アキヒロはすべて断っていた。それが溝を生んだのかもしれない。

あるいはただ、駅が同じだという程度のことが、原因なのかもしれない。


一年が経過し、春がくると、新入社員が入った。そのうちの一人は、アキヒロと同じ部署に配属された。若い男で、名前を若木といった。学制服を着せればまだ中学生に見えるほどの幼い顔をしており、背も低かった。人懐っこい声で、仕事のやり方をよく聞いてきた。

若木は環境に溶けこむのが上手らしく、職場の人間たちとは、アキヒロよりはるかにうまく関係を築いていた。休憩時間に喫煙所で、先輩たちといっしょに煙草を吸っているところを見た。松永が新入社員に対して行なったことを思い出したが、どうやら彼に対してはそのような危害がくわえられていないことを知って安堵《あんど》した。

しかしそのうちに何が起こったのか、若木は、自分に接するときだけ、他の先輩に対するときとは態度が違うことに気づいた。

「大石さん、これやっといてくださいね」

そうやって仕事をさりげなく押しつけられた。どこも不自然なところはないようにも思える。しかしその一方で、自分にだけずうずうしく振舞われたような気がした。彼が他の先輩に対して作業をまかせるといったことはこれまでになかったからだ。

気のせいだと、最初はそう結論づけた。先輩として敬えと特別に強く思っているわけではなかったし、むしろアキヒロは上下関係など気にしないほうだった。そのようなことを気にした自分が小さな人間であるように思えた。

やがて、気のせいではないことを知った。作業時間が終わり、片づけをしているときである。

「オレ、休んでますから。残りの片づけは頼みますね」

若木はそう言うと喫煙所へ向かった。アキヒロは面食らい、引きとめた。

「ちゃんと、やっといてくださいね」

ちらりとアキヒロのほうを向いてそれだけを言うと、歩いて去っていった。

さすがに不当なことだと思った。彼は他の先輩に対しては姿勢の低い物言いをする。自分だけ見下されたようで、腹が立つ。

喫煙所へ行き、連れ戻すことにした。アキヒロは煙草を吸わなかったので、普段は関係のない場所である。喫煙所は作業場の外にあり、ジュースの自動販売機や灰皿があった。仕事外の時間になると、数人がそこに集まって談笑しながら喫煙する。

若木は、数人の同僚といっしょに煙草を吸っていた。アキヒロが現れると、それまでの会話をやめて、全員が視線を向ける。中に、松永の顔も見えた。

大勢の目がある場所で話をするのは苦手だったが、アキヒロは言わないわけにはいかなかった。自分といっしょに片づけをするよう、若木に言った。

「それくらい一人でできるだろう」

眉をひそめ、煙草の煙を吐き出しながら松永が言った。

「そういうわけなんで、お願いします」

若木は頭を下げると、指にはさんだ煙草を見せた。

「まだ、これ吸ってるんで」

灰皿のまわりに集まっていた数人はいずれも同僚ではあったが、アキヒロの友人ではなく、若木の友人だった。片づけ程度のことはアキヒロが一人でやるべきだという雰囲気ができていた。実際に簡単な作業だったため、それがもっとも効率がいいのだとは思う。

納得できないものがあった。しかし、反論を受けつけない複数の視線を感じ、アキヒロは若木を残して喫煙所を去った。

背後で笑い声がして、自分が笑われたのだということが直感的にわかった。松永が時々、ひそかに自分の物真似をしてみんなから笑いをとっていることを知っていた。

人が集まれば、ごく自然に上下の関係ができるものだと思う。それは、上司や部下というのとは少し違っていて、この人は面倒見がいいので敬おう、この人は笑いの対象にしてもかまわないだろう、といったもののことである。若木の場合もそれなのだとアキヒロは思った。

そして、そこに松永の意思が含まれているような気がしてならなかった。彼はなぜか、集中的にアキヒロを狙って貶《おとし》めることがあったのだ。理由に思い当たることはなかった。ただ、駅でときどき顔を合わせることがあった程度である。松永の話に、笑ったり、同調したりしないのは自分だけだったので、それが引き金になったとも考えられた。

彼のことを快く思わない者はいる。作業着に着替えるロッカー室で、人知れず罵っている人間を見たことがある。しかしそういった者も、松永が目の前にいると示し合わせたように笑う。それだけの器用さがアキヒロにはない。話を聞いていて、嘘でも笑うことができなかった。

松永が女性二人と同時につきあっていることを自慢げに話していたところへ遭遇したことがあった。

食堂で、橙色のプラスチックのトレイに料理の皿を載せ、アキヒロは一人で座っていた。そこへ松永や若木などの同僚がやってきて、アキヒロのまわりを囲んだ。周囲から見れば、仲のいい者同士が自然と集まったように見えただろう。しかし松永の顔には、アキヒロの反応を見て楽しんでいる雰囲気があった。その際、彼の口から話されていたことは、女性の愚かさについてだった。冗談のつもりでつきあっていたところ、女が本気になってのぼせているという。その女のことを笑い話としてみんなに聞かせていた。

アキヒロは、他人の話だからと割り切って考えようとした。自分とその女性は何の関係もない。だから、気にかける必要はないのだ。

それでも、その女性というのはもしかして駅で見かけたあの女性だったのだろうかと思わないではいられない。

いっそ耳を塞いでしまいたかった。その話を興味深げに聞いている周囲の人間からも遠ざかりたいと思った。

「大石、おまえどう思う？」

突然、質問をされた。何を聞かれたのかわからない。首をひねり、わからないという仕草をして、まだすべて食べ終えていなかったがトレイをつかんで退散した。

入社して一年と七か月が経過したときも、毎日は変わらず、会社へ行くのは苦痛だった。昔からそうだったが、学校でも、就職して会社にいるときでも、アキヒロは居場所に困っていた。休憩の時間など、人と接触を持たないように生活していると、身の置き場所に困るのだ。どこにいても緊張を感じ、圧迫されるような息苦しさがある。

松永の視線を感じるとき、とくにひどい気分になった。見えない手で首をやわらかくつかまれ、しめられているような気持ちになる。

「大石さんって、あんまり遊ばなさそうですよね。何を考えて生きているのかわからないですよ」

二週間ほど前、喫煙所のそばで若木の声を聞いた。直後に、複数の笑い声が発生する。

アキヒロは立ち止まり、喫煙所にいる者からは見えない曲がり角の陰に身を置いた。

「今度、あいつの後をつけてみねえか。家がうちの近くらしいんだ」

松永の声だった。

「それで、生活を覗くんだよ。だれかビデオカメラとか持ってるやついるか。隠し撮りしようぜ」

周囲がその話で盛り上がり、細かな日程などが決められていった。

会話が続いている最中、若木だけが喫煙所から離れたらしい。彼は突然に角から出現し、アキヒロは身を隠すひまがなかった。

喫煙所の会話が聞こえる位置にアキヒロがいるのを見て、若木は驚いていた。幸いにも声を出さなかったため、喫煙所にいる者たちには気づかれなかった。

アキヒロは静かに、口の前に人差し指を立てた。黙っていろ。無言でそう言ったのが伝わったらしく、若木は唾を飲みこむように押し黙ったまま通りすぎた。

アキヒロはそれ以来、充分に身のまわりを注意しながら生活した。しかし、彼らが自分の後をつけてくるような気配はなかった。

落ちつかない日々が続いた。常にどこかから見張られているようで、歩いている最中も、アパートの部屋にいるときも、背後を振りかえった。どこにもそれらしい人影はない。しかし日を追うごとに息苦しくなっていく。神経が磨耗《まもう》しているのだと思った。いつも考えすぎなのだ。計画を気づかれていることは伝わっているはずなので、松永がどこかから覗きをしているとは思えない。

そう自分に言い聞かせて安心させようとしても、眼鏡の奥から見つめるあの松永の視線がどこかにあるような気がしてならない。

ロッカー室で、若木と二人きりになったことがあった。そのとき、珍しく彼のほうから話しかけてきた。

「このまえの話、聞いていたんですよね。怒ってますよね」

媚《こ》びるような声だった。正面から若木の目を見ると、かすかに怯える気配を感じ取った。

普段なら波風のたたないよう受け流すはずだったが、気が立っていたため、彼を恐がらせるのもいいと思った。

顔をゆっくりと寄せて言った。

「殺したいと思っている」

若木は一瞬、顔を青ざめさせたが、口の端をゆがめて弱々しい笑い顔を作った。彼はだれかと群れていないと大声を出せないような、弱い人間らしい。

「どっちを？　オレですか？　それとも松永さん？」

ちょうど着替えが終わったので、ロッカーを勢いよく閉めた。大きな音がして、若木が短い悲鳴をもらした。彼が恐怖で息を飲む。アキヒロは返事をせずにロッカー室から出た。

殺す……。咄嗟に自分が言ったことを頭の中で繰り返した。それは奇抜だが、いい発想だと思った。


十二月十日。

アパートの自分の部屋で、アキヒロは目が覚めた。上半身を起こすと頭痛がして、汗をかいているのに気づいた。ひどく嫌な夢を見ていた気がする。しかし内容は忘れてしまった。

テーブルの上に、昨夜、コンビニで買った弁当の残りが放置してある。食欲がわかずに、半分しか食べなかったのだ。それをごみ箱に捨てて着替える。布団をあげないまま、八畳一間のアパートを出る。会社へ行って帰ってくるだけの生活なので、布団を畳む必要はない。おそらく、一生、この生活が続くのだろう。ということは、ずっと布団はこのままなのだろうかと、考える。

寒い朝だった。空が白く、太陽は雲に隠れて見えない。住宅が密集して入り組んでいる路地は、自分以外にだれも見かけず、犬や雀といった動物の姿もなかった。世界全体が静寂に包まれ、緑色の木々さえも灰色に塗りつぶされたような気がした。

頬を突き刺すような冷たい空気に震えて、駅までの道を歩いた。道のアスファルトは古くなり、表面にペンキで描かれた線や文字はほとんど剝《は》げかかっている。一歩ずつその上に足を踏み出していると、急に、ほとんど頭がおかしくなりそうなほど悲しい気持ちになった。

病気の発作に近かった。何日も、何週間もひどい気分が続くと、突然にそれが起こる。悲しいことで胸が破裂するほどいっぱいになり、ついに破裂してしまったのだと思った。

意識しなければ膝がくずれてはいつくばってしまいそうな気分である。それでも歩みを進めていると、狭い路地を出て、線路沿いの道に来た。道の片方にある金網を左手で鷲摑《わしづか》みにし、体を支えながら歩く。

まともに正面を向いて立っていられなかった。金網の下に生えている雑草には霜が降りており、色がくすんで見えた。金網をつかんだ指は、冷たさのために皮膚が切れるようだった。

会社へ出ようとするのを、体が抵抗して、何としてでもやめさせようとしているように思えた。しかし出勤しないわけにはいかないのだ。

今、会社を辞めたら、松永に降伏して逃げ出すのと同じだった。松永が去年四月の飲み会の席で語っていたことを思い出す。仕事を押しつけて辞めさせた新入社員の話である。自分もそれと同じ、彼の笑い話のひとつにはなりたくなかった。ここで彼に屈服して会社を辞めると、彼は来年の新入社員へ、愉快そうに自分のことを話すにちがいない。だから、会社へ行かなければならない。

会社へ行き、タイムカードを押さなければならない。そして、すでに出勤している上司や同僚に挨拶をしなければいけない。アキヒロの義務的な挨拶など、ほとんどだれも聞いてはいない。しかしタイムカードの横には、挨拶をしようという意味の標語が紙に印刷されて貼られている。

どうしようもなく寂しい気持ちになる。同僚のみんなはいずれも松永の友人であり、会社は彼の住みなれた家みたいなものである。一方で自分は、ほぼ一年半以上も勤務しているくせに、まわりが何もかもよそよそしく感じる。自分から孤立を選んだのだから仕方がない。それでも時々、心臓がつぶれそうな気持ちになる。

自分のまわりにある世界の様々な嫌なものが、松永という一人の人間に集約されて形を持ち、目の前に現れたかのように感じる。そういう存在があるというのが悲しく、そして憎い。

もはや会社にいても、アパートの部屋にいても、彼のことを思い出すと嫌悪感で胸が焼けそうになっていた。自分の心は、他人というものに対し、これほど憎しみを抱けるものなのかと驚いた。負の感情ばかりが頭の中を満たし、それはまるで重油のように黒く、粘性を持っていた。

駅のすぐ近くまで来たとき、アキヒロは顔を上げた。もう少し歩いて駅構内に入ったら、電車を待つ時間だけベンチに座って休憩ができる。

線路と道とを隔てる金網は古く、表面に被覆された緑色のビニールはところどころ剝げ落ちている。その向こう側にある駅のホームが、目に映った。道からは少し見上げたところにあり、コンクリート製で、灰色をしている。長い間、風雨にさらされていることを示すように、コンクリートの壁面は雨水の流れた筋がついている。

男がいた。コートのポケットに両手を突っこみ、ホームの端に立っている。線路のほうを向き、アキヒロからは背中しか見えなかった。それでも彼が松永であることに間違いはなかった。

彼と同じ電車に乗りたくはない。駅構内で視線を合わせるのも苦痛である。駅に背中を向けてその場から立ち去り、一本だけ電車をずらそうと考えた。

しかしアキヒロはそうしなかった。自分でも意外だったが、足が勝手に駅の改札へ向かう。

腕時計を見て時間を確認すると、七時十八分だった。

小さな駅で、改札も機械化されていなかった。改札には窓があり、いつも中年の駅員がその奥の部屋にいる。窓から中を覗くと、ストーブが赤々と燃えているのが見える。改札を人が通るときだけ、定期や切符を確認するために駅員はストーブの前から離れる。

定期を見せて、アキヒロは改札を抜ける。

まわりを見ると、いつもの朝の光景があった。線路をはさんで、細長い灰色のホームが二つある。ホームには、強い日差しや雨を防ぐための簡単な屋根があるだけで、他には何もない。錆《さび》に覆われた跨線橋《こせんきょう》で、二つのホームを行き来する。跨線橋をつかうのは、会社から帰ってくるときのみである。

線路の先は両方向とも遠くまでのびている。空は雲に覆われて一面が白く、線路に沿って引かれた電線は、白い空へ定規と鉛筆で描かれたようにまっすぐで黒かった。遠く先のほうへ進むにつれ、線路も電線も、その両側に並んでいる金網や建物も、一点に集中して冬の朝にかすんでいる。息を吐き出すと、白く空中へ溶けて消えた。

そろそろ急行の電車が、駅を通過する時間だった。この駅に急行は止まらない。ただ無慈悲な速度で目の前を通りすぎるだけだ。

松永はホームの端に立ったまま、アキヒロが構内に入ったことに気づいていない。彼の姿を見て、腕時計を確認した瞬間、心のどこかで、ある仮説を立てていた。

もうすぐ急行の電車が通過する。そこへ彼をつき落としたとしたら、はたしてどうなるだろう。周囲に人がいてもいなくても、関係はない。松永を殺さなければ自分の頭がおかしくなるという切実な気持ちがあった。制裁という言葉について考えながら、アキヒロは彼の背中に近づいていった。彼によって悲しまされた人ははたしてどれくらいいるのかわからない。遠くで、踏切りの警報機の音が鳴り出す。冷たい空を渡って、家々の屋根を越え、その音が耳にまで…………

……………………………………

……………………………………

……………………………………

……………………………………

……………………………………

……………………………………

……………………………………

…………………………の瞬間、松永トシオの命は消えた。おそらく即死だった。そして、最後に見たのはアキヒロの顔だった。

突進してくる巨大な金属の鼻先に彼は落下した。金属の車体が体に触れるまでの短い一瞬、お互いの視線が交錯した。松永は、びっくりした、という表情をしていた。自分がホームから落ちたということよりも、そして電車が目の前に迫ってきているということよりも、すぐ近くにアキヒロがいたということに驚いていたようだった。電車は急ブレーキをかけた。車輪がたてる耳を劈《つんざ》くような高音を、アキヒロは聞いた。同じホームに女性が立っており、目が合う。彼女は恐怖の表情を浮かべて、アキヒロから遠ざかり、逃げ出した。ブレーキの音を聞きつけて、改札の部屋でストーブに身を寄せていたであろう駅員が飛び出してきた。咄嗟にアキヒロは逃げ出した。恐怖が、そうさせたのだと思う。足が勝手に動いた。

そして今、アキヒロはミチルの家で息を潜めている。

アキヒロは居間の片隅で体を丸めたまま、居心地の悪さを感じていた。家の住人であるミチルが、ストーブの前で横になったまま動こうとしない。別の部屋へ行ってくれればどんなにいいかと思う。しかしこの家は彼女のものであり、自分がそう思うのは間違っている。

彼女に申し訳なかった。しかし警察の目があるために、自分のアパートへ帰ることはできないのだ。死体の身元を調べるのにも、そして同僚である自分が彼に殺意を抱いていたと知るまでにも、警察はそれほど時間を必要としないだろう。

彼女の家は、近隣にある家の中では大きく、古い、木造の二階建てだった。正面は細い路地に面しており、背後には線路がある。両脇を民家にはさまれ、塀と門に囲まれていた。線路に面した部分だけ塀はないが、かわりに植えこみが境界を作っている。

彼女の両親や祖父母が受け継いできた家なのだろう。廊下の床板や柱は表面に光沢を持った黒色である。窓から入る明かりを反射して、濡れているようにも見える。

アキヒロの寄りかかっている部屋の片隅に柱があった。その表面に、いくつもの四角いシールの跡が残っている。シールを剝がしても、のりが付着したまま、そこに埃や汚れがついている。目の前で寝転がっている彼女が子供のころ、柱にシールを貼っているような場面を想像した。

突然、チャイムの音が響いた。ストーブの前で体を丸めて横になっていたミチルが、それに反応して立ちあがる。西側の壁の引き戸を開け、居間から出ていった。廊下を、足音が玄関のほうへ向かう。

だれかが訪ねてきたらしい。もしも目の見える人間が家に入ってくるというのなら、どこかの部屋に移動する必要があった。

ミチルが居間から遠ざかったのを見計らって、約四時間ぶりに立ちあがる。北側の引き戸を開けて、台所に入った。台所に勝手口があることは、この家に入ってすぐ確認した。もしものとき、そこからすぐに外へ出ようと思った。

台所は、家のほかの部分よりも新しかった。床板や壁紙、コンロや流し台の様子から、建て増しされたものだろうと推測する。十畳ほどの空間の真ん中にテーブルがあり、椅《い》子《す》が四つまわりを囲んでいる。東側の壁に流し台などが設置してあり、窓が並んでいる。しかし、居間の窓と違ってすぐ外側に木が並んでいるため、何も見えない。

廊下に面した側の壁に、大きな棚が置かれていた。ガラス戸の中に、皿やコップが積まれているのが見える。アキヒロは棚に体を寄り添わせて、聞き耳を立てた。棚のすぐ横に廊下への入り口があり、引き戸は開かれたままである。そのため、玄関で交わされる声が、黒い床板の廊下を越えて、わずかに反響しながらよく聞こえる。

若い男の声だった。

「交番の者なのですが……」

アキヒロは緊張した。

交番から来た人間は、ミチルの目が見えないことを知ると、生活の心配をした。その後で、来訪の意図を告げた。

どうやら不審な人間を探しているらしい。それが自分のことであることをすぐに覚った。

警官の問いに対して、ミチルは有益な情報を持っていなかった。自分のことについて何も気づかれていないことが、彼女の答えからわかった。

交番の人間は帰っていき、ミチルが玄関の戸を閉める。

アキヒロは安堵した。もとの場所に戻ろうと、寄り添っていた棚から体を離す。いつのまにか緊張し、体重をかけてしまっていたのだろう。アキヒロが離れた瞬間、棚がかすかに揺れて、中に入っていた食器が鳴った。

廊下を歩いて戻ってこようとしていたミチルの足音が、止まる。

アキヒロはその場で一切の身動きをやめた。彼女がさきほどの音を聞きつけて、家に侵入した何者かの存在に気づいたのかもしれない。

彼女が悲鳴をあげ、だれかに助けを求めようとしたらどうする。アキヒロは耳をすませ、廊下にいる彼女の様子をうかがった。

突然、アキヒロの鼻先にあった入り口から、彼女が現れた。静かな足取りで台所に入り、息をつめて緊張しているアキヒロの前を、彼女は通りすぎる。台所内の空気を揺り動かして彼女は歩き、そのやわらかい風がアキヒロの顔に当たる。

彼女は家の中を、実際は目が見えているのではないかと思えるような速さで歩く。そのことは、家に侵入して半日とたたないうちにわかった。しかし今、目の前を歩いている彼女は、ゆっくりとした、辺りをうかがうような速度で足を一歩ずつ踏み出している。自分の気配に気づかれてしまったのではないかと心配した。しかし彼女は、とくに悲鳴をあげて逃げ出すわけでもなく、洗い場を手探りしてたまっていた食器を洗いはじめた。

台所内で直立したまま彼女の動向を見守っていたアキヒロは、緊張を解いた。まだ気づかれたわけではないらしい。

同じ部屋にいるとき、歩いたり体を動かしたりするのは危険である。音を聞き取られるにちがいない。しかし、彼女が皿洗いしていたり、掃除機をあつかったりしている最中なら問題がないだろう。

彼女は、目の見える人間と変わらない手早さで、食器についた泡を蛇口の水で洗い流している。その隙に、居間の片隅へ戻った。

□□□□

一歩、外に出ると体が萎縮する。家の中にある暗闇と、外で感じる暗闇とでは、種類が違う。家の中の静かな暗闇は温かく自分を外界から守るようにある。しかし外で感じる暗闇は、ただ恐いだけだ。

何か大きな音がしただけで、身動きできなくなる。木の枝に降り積もった雪が、その重みで落ちたとする。その音を聞いても、今のがただの雪の音だとはわからない。謎の重い物体が落ちる音としか認識できないのだ。それが数秒後には自分の上にも落ちてきそうな気がして、足がすくんでしまう。

だれかの腕につかまっていなければ、恐くて、とても外には出られない。だから、視覚障害者のために市がボランティアを募《つの》り、つかまらせてくれる腕を提供する。視覚障害者の目となって案内してくれる人たちのことを、ガイドと呼んでいた。

ミチルの住んでいる市の場合、正確に言うと、ガイドはボランティアではない。ガイドを担当する人間は、市の身体障害者協会で登録申込書に記入し、一時間にいくらかの活動費をもらえるからだ。

ミチルの元には、市から一か月七十二時間分のガイド券が配られる。その券は、ガイドを担当した人に、時間分だけ渡す。券をもらったガイド担当者は、後でその分の金額を市に請求する。

ミチルはよく知らなかったが、何年か前に障害者たちの運動があって、この制度が決まったらしい。それまでは、世話をかけてしまうという意識が壁となり、ガイドを頼みづらくしていたそうだ。無報酬では悪い気がして、図書券等をあげる人もいたという。障害者の中には経済状態の良くない者も多く、それで様々な問題が生じたそうだ。ガイド券の制度ができてから、ガイドを頼みやすくなったと言われている。

ミチルの場合、電話でガイドへ連絡する以前に、友人であるカズエが自分からその役をかってくれていた。ガイド券の説明をして、自分が彼女に対して報酬を出せると言ったが、彼女は券を受け取らなかった。

「私は、私の遊びのためにあなたを連れ出しているの。その券は、私以外の人に外へ連れていってもらったとき、つかいなさい」

彼女はそう言った。

カズエとは小学生のときからつきあいはじめ、二人で同じ高校へ行き、いっしょに大学まで行った。結局、ミチルは視力の関係で大学を中退したが、彼女は無事に卒業している。しかしどこへ就職するわけでもなく、今はアルバイトをしながら生活していた。

時間の都合がつくとき、彼女が病院へ連れていってくれたりする。一週間に一度、ミチルの腕を引っ張って外を連れまわし、スーパーで食料を買い溜めさせる。

カズエの左側に立ち、二の腕をしっかりつかんで歩く。彼女が止まる気配を見せたらすぐに立ち止まり、左右どちらかに曲がれば自分もそうする。激流の中を流されないように、カズエの腕に必死でしがみついているような気分になる。

一人で外を歩くための白杖を、一応、持ってはいた。しかし、杖で一人歩きするときと、だれかの腕に触れながら歩くのでは、まったく違う。触れている腕から、この先にはトラブルがないという確かな自信が伝わってくる。暗闇の中で感じる腕越しの他人の存在は、唯一確かな光だった。

「ミチル、ずっと家の中にいたら腐るよ」

十二月十三日、カズエにそう言われて半ば無理やりに外へ引きずり出された。はじめて知り合った小学生のとき、彼女は内気な性格をしていたが、中学のころから強引で気が強くなった。蛹《さなぎ》から孵《かえ》って羽根を広げた昆虫のように、友人の変化を喜ばしく思った。

彼女は、友人同士のグループができると、率先してみんなを引き連れたり、進むべき方針を決めたりする。友人の一人の誕生日が近いことを知ると、「じゃあ誕生会だね」と、会場からケーキの手配まで彼女の言うままに行なわれた。休日に、「海へ焚き火をしに行こう」とか、「ヤギの目を見るために動物園に行こう」と突然に言い出してはみんなを引っ張っていったこともある。

「公園に着いたよ。遠くまで芝生の丘が広がってる。今日は平日だから人も少ない。天気は、すっごい快晴だよ」

「うん、わかる」

全身に太陽の暖かさを感じていた。冬の寒さを予想し、風邪をひかないようにコートを着ていたが、少し汗ばんでいた。息を吸いこむと、芝生のものと思われる植物らしい匂いがした。

空を見ると、ほとんど暗闇の視界の中、太陽の赤い点だけが、穴の開いたように浮かんでいた。一滴の血のように見える。完全な円ではなく、輪郭がぼやけている。そのうちに崩れて暗闇の中へ溶けていきそうな気がする。

手をかざすと赤い点は消えて、辺りは完全な暗闇となる。ミチルは自分の手足を見ることはできず、体が暗闇と同化してしまった気分を時々、感じる。しかし太陽などの強い光を遮るときだけ、自分の手の存在を目で確認することができた。

「そこに立っていて」

カズエがそう言った。同時に、彼女の腕をつかんでいたミチルの手が強引に外された。

「どうするの — !?」

彼女が離れると、途端に心細くなる。家の中とは違う、どこまでも広い暗闇の虚空《こくう》に取り残された気分になる。

「そんなに大声を出さなくても、すぐ近くにいるわよ」

カズエの声が、少し離れた場所から聞こえた。

目がほとんど見えなくなって変わったことといえば、それまでと違って、大きな声で話すことが多くなったことだ。相手がどこにいるのかわからず、不安で、とくに外では自然に声が大きくなる。以前、正式なガイドの人と話をしたとき、それは視覚障害者全員にある傾向なのだと説明を受けた。

「いーい、これから写真を撮るよ」

カズエの声がしたほうを向く。

「ほら、そんなに緊張しない。自然にして。そんな顔はやめてよ、マッチ売りの少女じゃないんだから。手は胸の前じゃないの、体の横」

「なんで写真なんか撮るの？」

「バイトの人たちと飲み会をしたときのフィルムがあまってて、それをつかいきろうと思って」

二回、シャッターの音がする。うーん、と唸るカズエの声も聞こえた。写真家を気取り、しゃがんで角度をつけながらカメラを構えている彼女を想像した。それから、公園の芝生の丘に一人で突っ立っている自分の姿も思い浮かべた。

目を開けていれば普通の人と同じように見えると、昔、カズエに言われたことがある。写真に写った自分を見ても、目が不自由だとはだれも思わないかもしれない。

「ミチル、横顔を写したいからあっち見て」

「どっち？」

「そのコートがあんましかわいくないわね」

「お父さんのだから。脱いだほうがいい？」

「そのままでいいわ」

シャッターの音がした。

公園を後にして、食事をするためにイタリア料理の店へ向かった。はじめて入る店だったが、名前だけは二人とも以前から知っていた。『メランザーネ』という名前の店である。

「おしゃれな店構えよ。町中なのに、店のまわりにたっぷり木が生えてて、森の中にあるみたい。魔女の家って感じ」

店に入る直前、カズエが解説してくれた。

その店に行こうと言ったのはミチルだった。昨日、知り合った女性が、そこで働いていると教えてくれたからだ。せっかく外に出たのだから、ついでに行ってみようという気になった。

「気をつけて、足元に段差あるよ」

「うん」

カズエが扉を開けたのか、店内の温かいチーズやパスタの匂いがふわりと漂ってきた。お二人様ですか、という若い女性の声がした。聞き覚えのある声だった。

「こんにちは」

覚えているだろうか、忘れているかもしれない、そう思いながら声をかけてみる。一瞬、間《ま》があいて、返事があった。

「あら、昨日の。わざわざ来てくれたのね」

ミチルは、彼女が店の制服を着て、入り口で応対しているところを思い浮かべた。どうやら彼女のほうも、覚えてくれていたらしい。

ミチルとカズエは奥の席に案内された。座ってカズエがメニューを読み上げてくれる。メニューに載っている写真から、どんな料理なのかも教えてくれた。

「さっきの人が、洗濯物を拾ってくれたかた？」

テーブルに置かれた水の位置を教えてくれた後、カズエは尋ねた。

「うん、うちの近くに住んでいるみたい。三島ハルミさんというの」

昨日、彼女が家に訪ねてきたときのことは、すでに説明していた。いつもどおりミチルが居間で寝転がっていると、玄関のチャイムが鳴ったのだ。出てみると、「あのう……」という女性の声が聞こえた。

「こちらのお宅の洗濯物が、風で飛ばされてたみたいなんですけど……。これなんですけど……」

声の主の正体はわからなかったが、「これです」というからにはそれを差し出しているのだろうとミチルは考えた。おそるおそる手を伸ばしてみて、相手の差し出しているものがどこにあるか探す。そこにいたってようやく、相手もミチルの視力のことに気がついたようだった。

「あ、そうだったんですか……!?」

「はい、だったんです」

空中をさまよっていたミチルの手に、布の感触がした。手に押しつけてくれたのだろう。ここにあるよという相手の意思が伝わった。どうやらシャツのようだった。彼女は、道に落ちていたシャツを拾って、わざわざチャイムを押してくれたらしい。

礼を言い、言葉を交わしているうちに、彼女は近所に住んでいるらしいとわかる。そして、困ったことがあれば近所だからすぐにかけつけますと言ってくれた。

「普段はイタリアンレストランで働いてるんです。『メランザーネ』っていうお店。今度、いらしてください」

彼女はそう言うと、自分は三島ハルミという名前であることを説明して去っていった。

「よかったじゃん、近所に知り合いできて。しかも綺麗な人だよ」

カズエの声に、心から喜ぶような温かいものがあった。彼女ははっきりと言わないが、自分を心配してくれている。家から出ず、他人とのつながりといえばカズエとの対話しかない自分のことを、いつも思いやってくれている。ミチルは申し訳ない気がした。

「もうメニューは決まりました？」

ハルミの声がした。おっとりとした、やさしい声である。カズエが、ミチルの分まで料理を決めて注文した。

「ちょっと待ってハルミさん」

暗闇の中なので状況があまりわからなかったが、立ち去ろうとするハルミをカズエが呼びとめたらしい。

「ミチルの横に立ってみてください。そう」

シャッターの切られる音。暗闇の中、一瞬だけカズエのいる辺りが赤色に染まる。フラッシュの閃光が、瞳の中にある濃い暗闇をつき抜けて、ミチルの網膜まで届いた結果だった。続いて、フィルムの巻き戻る音。ハルミの足音が遠ざかっていくのもわかった。

「そういえば、ミチル、あの事件が起こったとき、何してた？　すぐ家の裏だったから、警察の人が聞きこみにきたんじゃない？」

「事件？」

聞き返すと、カズエが沈黙した。自分はおかしなことをたずねたのだろうかと、戸惑う。

「三日前のことよ。ミチル、駅で起こったことを知らないの？　あの日、騒がしくなかった？」

三日前の朝、駅で人が死んだのだと、カズエは説明した。急行の電車が通りすぎる際、ホームから男の人が転落したらしい。はねられて、即死だったそうだ。

「そういえば、電車が急ブレーキをかける音とか、人のざわめきとか、聞いたような気がする」

しかし、あまり関心がなかったので、聞き流してしまった。

「しっかりしてよ。ところで、なんでホームから転落したと思う？　だれかがつき落としたらしいよ」

犯人は、男が電車に轢《ひ》かれたのを確認して、ホームの端から飛び降りて逃げ出したそうだ。駅員が逃げ去る男を見たという。

「その犯人、男だったそうなんだけど、まだつかまってなくて、逃亡中なんだ。近所のことなんだから、ちゃんとそういうこと知ってないとだめでしょう」

そうだね。返事をしながら、その日の午後に交番の人間がたずねてきた理由はそれだったのかと思い当たった。あのとき、家のまわりで不審なことが起こらなかったか、若い男は見かけなかったかと質問された。おそらく逃亡中の犯人を探していたに違いない。

水の入ったコップを両手で包みながら考えていると、突然、手の中からその感触が消えた。魔法のように、空気に溶けて消滅したようだった。困惑しながら、周囲を手探りしてみる。

嚙み締めるような、カズエの笑い声を聞いた。それで、彼女の仕業だと気づく。手の中から勢いよくコップを抜き取って隠したのだ。なんでそんな意地悪をするのかと抗議すると、なんとなくかわいいもので、と彼女は返事をした。

やがてテーブルの上に、皿の置かれる音がする。同時に、トマトソースの匂いがした。カズエがパスタのややこしい名前を説明する。

食事をするときいつも、料理をこぼしたり、コップを倒したりしないように気をつけた。パスタのソースが服の上に落ちていても、自分では気づかない。

味は最高だった。

帰り際、レジを打っているのはハルミだったらしく、彼女とカズエが会話するのを横で聞いた。

「ミチルさんとは、お友達なんですか？」

「小学生のときからの、幼馴染なんです」

「仲がいいんですね」

店を出ると、カズエとバスに乗った。

カズエに誘導してもらい、ステップに足を乗せ、席まで移動する。もしも彼女がいなければ、バスに乗ることさえ難しいと思う。

バスは割合に好きだった。信号待ちなどでふいにエンジンの音さえも消え去る瞬間がある。とくにそれがいい。車体の下から伝わってくる振動もなくなり、バスの中は急に呼吸が止まるような静けさに包まれる。喋り声が周囲へ響いてしまうので、乗客もみんなだまりこむ。したがって車内はしんとした静寂になる。学校に通っていたころ、休憩時間に教室で、ざわめきなどや物音が消えて一瞬だけ静かになることがあった。あのときに似ていると思う。その居心地の悪さがいい。

バスで駅まで行き、そこから電車で家の裏手にある駅まで戻る。

「ストーブの灯油は残ってる？」

ミチルの家の玄関先で、カズエが言った。灯油がきれたとき、彼女に頼めば補充してくれる。ミチル一人でもできる作業だったが、彼女が心配する。

「うん、まだ大丈夫」

「火には気をつけるのよ」

そう言い残して彼女は帰っていった。彼女の家は、歩いて三十分程度のところにある。

一人になり、家へ入ると、寂しさがこみあげる。いつも一人きりで家の中にいるときは感じない虚しさが、カズエと外出した後には付きまとう。それは、彼女との時間が楽しかったという証拠だ。

父のコートを脱いで楽にする。カズエに、最近、家の中で感じるおかしな気配について話していなかったことを思い出した。いつも落ちついて自分のまわりにたちこめていた暗闇が、数日前から浮き足立っているように思えるのだ。

どこかの窓が開いていて、猫が出入りしているのかもしれない。ミチルは家の中を歩き回り、ひとつずつ窓を調べていく。

しかし、どこの窓も開いてはおらず、動物の鳴き声も聞こえなかった。

第二章

十二月十四日。

炬燵に四角形の小さな置時計があった。部屋の隅に座っているアキヒロからは、文字盤が見えない。寝転がっていたミチルがふいに起きて、あくびまじりに置時計の上部にあるボタンを押した。

置時計が無機質な声で、現在が午後八時十二分であることを告げた。目の見えない彼女にとっては、声で教えてくれる時計でないとつかいづらいのだろう。

冬の太陽はすでに沈んでおり、家の中も、窓の外も、暗くなっている。例外がひとつだけあった。家の裏手、窓から少し離れたところに駅のホームがあり、そこを照らす白い蛍光灯が、窓から淡く家の中へ入りこんでいる。そのため、アキヒロの座っている位置だけは薄明かりの中にあった。

ミチルは一日中、炬燵の中で過ごしていた。ストーブはついていなかったため、部屋の中の空気は温められておらず、隅にいたアキヒロは体が冷えた。しかし、閉めきられた居間の空気は二人分の体温でわずかに温まっている。外にいるよりもはるかにましなのだと自分に言い聞かせた。

ミチルは炬燵の中で身動きせず、日が暮れても電気をつける様子はなかった。考えてみれば彼女には電気など必要ないのだ。

暗闇の中、ミチルの立ちあがる気配がした。唐突に居間の蛍光灯が瞬《また》いて点灯する。周囲が明るくなると、壁のスイッチに指を触れた状態で彼女が立っていた。それから、台所へ向かう。

明かりは意味がないはずなのに、彼女は夜、必ず蛍光灯をつける。なぜわざわざそうするのか理由が思い当たらない。私はいますよ、という近所の人への合図なのかもしれない。泥棒よけにもなるだろう。それとも、たんなる習慣だろうか。

蛍光灯はもう長いこと取り替えていないのか、弱々しく、光の中に黄色の成分が混じっている。照らされたものはことごとく輪郭がぼやけ、空気の中へ溶けてしまいそうなやわらかいものに見えてくる。もしも寿命がきて蛍光灯がつかなくなったら、彼女はそれに気づくだろうか。つかない蛍光灯のスイッチを、習慣的に毎晩、押しつづける場面を想像した。

突然、台所のほうでガラスの割れる音がした。アキヒロは顔を上げて、開け放してある戸の向こう側を見る。ミチルが、ガラスのコップか何かを落として割ったらしい。

台所の板の間に二つの足をつけて、彼女は硬直して立っている。靴下をはいておらず、この前、玄関先で見たときと同じように裸足である。その周囲に、ガラスの尖った破片が広がっている。

アキヒロは、思わず立ちあがりそうになるのをこらえた。目の見えない彼女がガラスの破片を避けて歩くのは困難そうである。しかし助けるわけにはいかないのだ。

ミチルはおそるおそる慎重に屈《かが》んで、両手で床を手探りしはじめた。ガラスで手を切らないよう気をつけて辺りの状況をうかがっている。

破片をひとつずつつまんで脇にどかしながら、台所の隅へ進んでいく。時間をかけたすえにそこまで辿り着くと、彼女は足の先で辺りを探る。

古ぼけたスリッパが置かれていた。足先でそれを見つけると、中に足を入れる。普段はスリッパを履かないらしいが、このような場合のために用意しているらしい。

立てかけてあった箒《ほうき》を手にとり、散らばっている破片を掃除しはじめた。

アキヒロは緊張を解く。箒をつかって足元の破片を集めていく彼女の動作は手馴れている感じで、怪我をする様子はなかった。

この本間ミチルという女性はどのような人間なのだろうかと考える。彼女については、ほとんど何も知らなかった。この家に一人暮しをしているらしいが、家族はいないのだろうか。それとも、別の土地に住んでいるのだろうか。

しかし別れて住んでいるというのは考え難い気がした。彼女は視力に障害があるのだ。家族がいるのなら、別れて遠くへ住むよりも、近くで支えながら生活するほうが普通のことであるように思える。

そもそも、ここ数日間で見ていた彼女の生活を思い出すと、彼女がこの家に住んでいなければならない必要が見当たらない。年齢は、大学生か、それを卒業したくらいだろうか。しかしどこかの学校に通っているわけでもなく、何かの仕事をしているわけでもなさそうだった。ただ、毎日を寝転がって過ごしているだけだ。

洗濯や料理、掃除などの家事は毎日、行なっている。目の見えない人間が包丁で野菜を切ったり、火を扱って料理をしたりする様は、見ていて緊張した。しかし何かの本で、全盲の人間でもてんぷらを揚げられるのだと、読んだ記憶がある。なれるものなのかもしれない。しかし家事をしていない時間、彼女はスイッチが切れたように畳の上で脱力している。どうやって生活しているのだろう。どこかから生活の援助が出ているのだろうか。

彼女がちりとりを持ってきて、集めたガラスの破片を箒でその中にかきこんだ。

家の中に侵入して五日目だが、アキヒロは家から決して出なかった。ほとんどの時間、居間に座りつづけている。

彼女が二階で眠っている夜中だけ、居間から抜け出して一階を動き回った。その間に食事をし、用をたす。シャワーまで借りた。

冷蔵庫の中にあるものを少量ずつ口に入れて食事とした。食パンにジャムを塗り、口へ運ぶ。トマトを切ったものがタッパーに入れられていたので、切れ端をつまんで食べた。あまり多く食べると、食料が減っているのがばれるかもしれない。

パックに入った牛乳をコップに注いで飲む。つかい終わったコップは、洗って乾かした。そうしている間、今にも階段のほうから彼女が現れるのではないかと気が気ではなかった。

はじめてこの家に来た日の夜、居間の隣に位置するだれもつかっていないらしい部屋に入ってみた。押入れを開けると、折りたたまれた布団を見つけた。夜は寒く、暖房のない部屋で眠ると凍死しそうだった。かといって、勝手にストーブや炬燵をつけていると、唐突に彼女が現れたとき、いつのまにかついている暖房器具を不審に思うかもしれない。朝、彼女が起きてくるよりも前に目を覚まして消しておく自信もなかった。

布団をつかって眠りたかった。しかし、急に彼女が現れたときに畳んで片づける時間などないだろう。男物の服が部屋の箪笥に入っていたので、それを重ねて着こんだ。

地味な色をしたセーターに腕を通し、これらの服はだれのものだろうかと考えた。同じ箪笥の中に、背広やネクタイもしまってある。彼女の父親のものではないかと推測した。その人物は現在、どうしているのだろうか。

あらためてその部屋を見まわす。シンプルな木の机と本棚があるだけの、六畳の和室だった。本棚に、経済学の本が並んでいた。

写真立てが飾ってあった。小学生くらいの少女と、その父親らしい人物が写っている。少女には、今のミチルの面影があった。運動会のときに撮影したものらしい。彼女は体操服を着ている。二人とも、カメラのほうを向いて笑っていた。

子供の彼女は、カメラのレンズを意識して視線を向けている。当時はまだ視力があったのだろう。

居間に戻って角に座ると、壁に背中を預けて眠った。

一昨日の昼間、玄関のチャイムが鳴って、アキヒロは焦った。もしもだれかが家に入ってくるのなら、台所の勝手口から外に出るか、それとも居間の隣にある部屋に隠れるかしなければならない。

台所で聞き耳をたてると、客は女性で、どうやら風に飛ばされていた洗濯物を拾って持ってきてくれたらしい。しばらくミチルと会話した後、帰っていった。

その夜は、音量をおさえてテレビをつけた。ミチルは世間のことに興味がないのか、テレビをつけている時間が短い。目の見えない彼女にとって、テレビもラジオもいっしょなのかもしれないが、それにしては無音でいる時間が長い。音楽を流す機械すら居間には置いていないのだ。もっとも、二階にある彼女の部屋にはステレオがあるのかもしれない。

アキヒロもテレビをよく見るほうではなかった。しかし、深夜に流れている番組とも言えないような環境映像は好きだった。

そのチャンネルに合わせて、音量を小さくした。テレビのすぐ隣に座っていないと、外の風にかき消されるほどの小さな音だ。ずっとそうしていると、しだいにテレビそのものが熱を発しはじめ、それは部屋全体を温かくするにはあまりにも微弱な熱源だったが、すぐ横に体を接しているアキヒロにはテレビというより音を出す暖房器具に思えた。

昨日、朝からミチルは野暮ったいコートを羽織り、外へ出かけるような格好をしていた。アキヒロが彼女の動きをうかがっていると、そのうちに玄関のチャイムが鳴って、彼女は家から出ていった。外を確認しに行ったわけではないが、玄関先からミチルのものではない女性の声がしたので、彼女の友達だろうと思った。

ミチルが家にいないときは緊張を解いて過ごすことができた。もっと頻繁に彼女が外へ出かければ楽になるかもしれない。

視力に障害のある人は、白い杖をつかって外を歩く。その知識はいつごろ身についたのだろう。おそらく小学校のとき、何かの授業で知ったにちがいない。

彼女も白い杖で外を歩くのだろうか。しかし、これまでに見た彼女の外へ出る姿といえば、洗濯物を持って台所の勝手口から出ていく場面のみである。それ以外は、ごみ捨てのための外出であったり、郵便を取るための外出であったりする。いずれも五分とたたずに戻ってきた。

視力に障害があっても、白い杖でたくみに周囲を探ることによって外を歩くことができる。だから視覚障害者は、もっと頻繁に外へ出かけていくものだ。アキヒロはこれまでそう思っていたが、どうも違うようだった。

ミチルが外出して、自由に家の中を動き回ることができても、アキヒロはほとんどの時間、居間の片隅に座っていた。そこから、窓の外にある駅のホームばかり見ていた。

空き巣のように家の中を歩き回るつもりはなかった。勝手に上がりこんでおいていまさら、と自分でも考える。しかし、戸棚のひとつを開けるのも気がとがめ、ためらわれた。アキヒロは太陽のある時間、ずっと居間から動かないことにしていた。

彼女をあまり見るべきではない。これ以上、知るのもいけない。そう自分に言い聞かせる。ただ、しばらくの間だけ家に潜ませてもらうだけだ。そしてそのうちに、何事もなく出ていく。彼女の生活を乱すことはいけない。生活を覗くことも、最小限にしたかった。それが、勝手に家をつかわせてもらっている者の礼儀である。

しばらく前、印刷会社で耳に入った松永の言葉を思い出す。アキヒロの後をつけて、生活を覗くという話である。彼はビデオで隠し撮りをすることまで提案していた。それを聞いたときのおぞましさを忘れてはいけなかった。あれから、道を歩くときも、部屋にいるときも、どこかから見張られているようで恐ろしかったのだ。あのときの息苦しさも、圧迫感も、彼女に与えたくはない。

できることなら、彼女が自分の存在に気づかないうちに、この家を立ち去れるといい。しかし今はそのときではないのだ。

台所でガラスの破片を集めているミチルは、作業を終えようとしていた。アキヒロが見ていると、彼女はちりとりに集めたものを、台所の隅にあったバケツに移し入れた。どうやら、危険なものを集めておくためのバケツらしい。ガラスの破片が落下して、騒々しい音をたてる。居間にいるアキヒロのもとまで聞こえた。

作業が終わると、彼女はスリッパを脱いで台所の片隅にそろえる。スリッパの役目はそれで終わりらしい。裸足のまま台所を出ると、居間にいるアキヒロの視界からいなくなる。

廊下を歩く足音が聞こえ、続いて階段を上がっていく音がする。よどみない連続的な音から、目が見えないにしては軽やかな足取りであるのがわかる。まだ眠るには早い時間で、居間や台所の電気はつけっぱなしだった。すぐにまた下りてくるのだろうと思った。

アキヒロは警戒しながら立ちあがった。彼女が起きて動いているとき、そして皿洗いも掃除もしていない間に歩き回るのは危険である。できればじっとしていたかった。しかし台所に落ちているものが気になる。近づいて、それをつまみ上げた。彼女が踏んで怪我をすると危ない。

ミチルの考えていたよりも遠くへ転がっていたガラスの破片が、ひとつだけ残っていた。大きな、尖った破片である。それをバケツの中に落として、彼女が来ないうちに居間へ戻った。

十二月十五日。

家に入りこんで六日目の朝がきた。

無断で借りた服を着こんでいるからといって、寒さがすべて消えるわけではない。足先が凍ったように冷たくなり、そのしびれた感覚と、窓から入る朝日とで、アキヒロは目が覚める。

周囲を見て、すぐには自分がどこにいるのかわからない。それから理解がおとずれ、他人の家の居間で寝起きしているのだと思い出す。

まだミチルが二階の自室から下りてきていないのを確認して安堵する。寝起きが一番、危ないと思っていた。彼女がすでに起きて居間にいるというのに、気づかないで音や声を出してしまうおそれがあるからだ。それでもだれかがいることに気づかないほど彼女は鈍感ではないだろう。

七時に、二階でめざまし時計の鳴る音が聞こえる。毎朝、彼女はその時間に起きるようだった。学校へ行くわけでもないのに、決まった時刻に起きるのはなぜだろう。彼女にとって、朝はどのような意味があるのだろうか。

めざまし時計が音で知らせなければ、おそらく朝日が出ていることさえわからないのだ。もしもめざまし時計を密かに止めていたら、彼女は永遠に夜だと思いこんで眠り続けるのだろうか。

やがて、階段を下りてくる音が聞こえてきた。

夜中に動き回ったとき、アキヒロは階段の様子を確認していた。そのときのことを思い出す。

古い家のためか、急な角度の階段だった。廊下の床板と同様、表面が濡れたように光沢を持つ黒い木材で作られている。触れてみると見かけどおり、なめらかな感触だった。滑りやすい階段である。しかし、さすがに危ないと思ったのか、段の端に、ゴムの滑り止めが取りつけられていた。

見上げると、階段の先は夜の闇の中に続いて消えていた。階段の電気をつけようと、近くにあったスイッチを入れてみる。しかし、電気はつかなかった。電球が切れているのだろう。彼女は、階段の電気がつかないことを知っているのだろうか。

知っていたとしても、知らないにしても、彼女はその暗闇の中、平気で暮らしている。寝起きし、着替えをすませ、考え事をしている。普通の人間なら、どこまでが廊下で、どこから階段なのかわからずに歩けないだろう。しかし彼女は、ごく当たり前にその中で生活する。まるで家の中の暗闇は、彼女の住む見なれた世界の一部であるかのようだ。

階段の先にある暗闇を見つめて、想像した。彼女が階段を上がり、ためらいなく暗闇の中に入っていく。その背中が、頭に思い浮かんだ。最初、彼女の頭に影が落ちて、上半身が闇に消える。段を上がっていくにつれて、体は暗闇の中へともぐりこみ、やがて最後まで見えていた足の先まで、すっかり闇の中へ溶けていく。

アキヒロは、身震いするような気持ちになった。まるで彼女は人間ではなく、わずかにその範疇から外れた世界で生きている生物のように思えた。

朝の寒さに震えながら、アキヒロは居間の片隅で膝を抱え、体を思いきり丸くした。朝はその体勢でいなければならない。伸ばした足に、彼女がつまずくといけないからだ。

洗面所で顔を洗った後、眠そうな顔のまま彼女は居間に来た。アキヒロは呼吸を浅くし、身を硬くする。毎朝、一日のはじまるこの瞬間がもっとも緊張した。

彼女は居間の東側の窓に近寄り、その前に立った。膝を抱えたアキヒロのつま先から、五十センチメートルも離れていない場所に彼女の足がある。もしも足を伸ばしていれば、彼女に蹴られる位置だった。アキヒロは体を必死で丸めていたが、視線を少し上げると、ほとんど真上にミチルの顔がある。

彼女は錠をはずして窓を開けた。冷たい空気が部屋の中になだれこみ、閉めきって淀んでいた空気を浄化していく。多少のずれはあるが、毎朝、おおむねこの時間に彼女は同じことをする。

この習慣については、以前から知っていた。だから、はじめてこの家で朝をむかえたときも、足を曲げてやり過ごした。なんとかこれまで、見つからないでいる。

約十分間、彼女は窓を開けたままにして、それから閉める。その間、アキヒロは必死で寒さに耐えるしかなかった。

空気を入れかえるという日課が済むと、彼女はストーブと炬燵をつけて居間に閉じこもった。炬燵の上に載っていたテレビのリモコンをつかって、彼女はテレビの電源を入れる。リモコンがテレビに向けられた瞬間、テレビの隣に並んで座っていたアキヒロは、自分が指差されたように感じて驚いた。

すぐ横にいるせいで、テレビの画面を見ることはできない。音声から、ニュース番組が流れているらしいとわかる。普段、あまり彼女はテレビを見ない。だから珍しいことだとアキヒロは思った。

炬燵はまだ電源を入れたばかりで暖まっていないのだろう。彼女は炬燵布団をぎゅっとつかんで背中を丸め、寒さで震えていた。テレビから流れる男性キャスターの声を、聞いているのかいないのか、その様子からはわからなかった。

窓の外から、電車の音が聞こえる。アキヒロは、冷たい窓ガラス越しにホームを見た。会社へ通勤する人や、学校へ向かう人が立っている。たった今、ホームに入ってきた電車に遮られて、それらが見えなくなった。

テレビの番組は、全国放送しているコーナーから、地域別に流されるニュースに切り替わったようだ。隣の市にあるデパートの話題である。どうやらクリスマスの飾りつけがはじまったらしい。

ゆっくりと、窓の向こう側で、電車が走り出す。アキヒロの吐いた息が、まだ温まっていない居間の冷たい空気で、白くなる。

ニュースキャスターが話を切り替えて、数日前に駅で起きた事故の話題をはじめた。松永トシオが死んだ、あのニュースだった。

動揺した。画面を見たかったが、身動きすると、ミチルに気づかれてしまいかねない。テレビはすぐ左隣にあるのに、音だけを聞いていなければならないのがもどかしかった。松永トシオの葬儀が行なわれたそうだ。会社の同僚たちが集まって悲しんでいる映像が流されているらしい。

ニュースキャスターは淡々とした調子で、松永が死んだときの状況について説明した。「彼はホームからつき落とされた」とは直接的には言わなかった。ただ、行方不明になっている同僚の大石アキヒロという男を、警察が捜索していると述べた。

息をとめて緊張しているあいだにニュースは明るい話題へ切り替わった。冷や汗が出たのはそれからである。

警察が自分を捜していることはわかっていた。一人の人間が、別の人間の意思によって消滅させられたのだ。警察が血眼《ちまなこ》になって自分を追いかけるのは当然のことだろう。

松永が死んだ直後のことを思い出した。同じ駅のホームに立っていた女が、アキヒロの顔を見て恐怖の表情を浮かべていた。彼女はその直後、逃げるようにアキヒロから離れた。その場面が幾度も頭に蘇る。

駅から逃げ出した若い男の身元について、警察がすぐに自分だと割り出したのは、不思議ではない。会社にはあれから顔を出していないし、松永に殺意のある人間を調べれば、すぐに見当はついただろう。自分ははっきりと若木に言ったのだ。殺してやりたい、と。

会社の人間は今ごろ、どのような話をしているだろう。事実に虚偽を交えて、自分のことを噂しあっているにちがいない。

アキヒロはそれから、実家にいる家族のことを考えた。実家は遠い。さきほどの地域限定のニュースが、実家のある地域にまで放送されているとは思えなかった。しかし、警察から電話があっただろう。

母親が受話器を片手にしてショックを受けている様を想像した。息子が会社の先輩をホームからつき落として殺害したという話を、どう受け止めるだろう。

胸が痛んだ。アキヒロは、さほど問題を起こす子供ではなかった。だからきっと驚いたにちがいない。学校に通っていたときも、何か悪いことをして、親が先生に呼び出されるようなことはなかった。

　兄と弟が一人ずついる。弟が以前、高熱を出して一日だけ入院したことがあった。アキヒロが中学に入ったばかりのころである。母が弟につきっきりで病院に詰めた。家では、祖母が食事を作ってくれたが、いつもと少しだけ味が違った。野菜が大きめに切られていて、そんな些細《ささい》なことから、母と弟がいないのだと思い出された。

　病院から、母が電話をかけてきて、たまたまそれをアキヒロがとった。

「みんな、ちゃんとやってる？」

　返事をしながら、なつかしい声だと思った。実際は、たった一晩いなかっただけなのだが、それだけでいつもと違う朝だった。父や兄が後ろで、靴下が見つからないと騒いでいた。いつも母が用意する何もかもが、その朝はなくて、混乱していた。

　弟はそれからすぐに回復した。

　アキヒロが高校一年のとき、兄が同じ学校の二年生だった。たまに学校で顔を合わせることがあり、それが苦手だった。

　兄弟や家族とはそれなりに話をした。本棚にどんな漫画の本が並んでいるのかもお互いに知っていて、謎である部分がなかった。しかし学校のクラスメイトとは、あまり親しい会話をしない。小学生のときは気軽にみんなと話ができたのに、年齢が上がるとそれができなくなった。

学校内で兄と会うとき、クラスメイトとあまり親しくしていないことを知られたくなかった。家族へ伝わると、恥ずかしいことのような気がした。

兄や弟は、家でもよく友人の話をしていた。しかし自分は違った。クラスメイトたちとの間で、話をするようなおもしろいことは起こらなかった。

高校の廊下で、兄に呼びとめられたことがある。振りかえると、友人たちといっしょに歩いている兄がいた。一人だけ離れて、アキヒロのもとへ駆け寄ってくる。

「背中になんかついてるぜ」

兄の言葉を聞いて背中を手で探ると、メモ帳程度の小さな紙がガムテープで貼りつけられており、人を傷つけるような言葉がマジックで書かれていた。よくあるいたずらだった。

直前に、クラスメイトの一人と肩がぶつかっていた。そのときに貼られたのだろうとすぐに覚った。

「よくある、よくある」

兄は紙をアキヒロから取り上げると、丸めて捨てた。そして、鼻歌を歌いながら友人たちと合流する。その当時、流行っていた曲で、兄はいつもその鼻歌を口ずさんでいた。今のが弟だ、というような話を友達と楽しげに話しているのが聞こえた。

兄が紙についてとくに深く考えなかったことを感謝した。それでも、恥ずかしい気持ちだった。

一人で廊下の真ん中に突っ立って、不思議な取り残された気分になった。自分を避けて、周囲を他の生徒が通りすぎる。通行の邪魔だと思われたかもしれない。学校の廊下の真ん中で、体が消えていきそうな気分に陥った。

大学を中退して印刷会社に入った。その際に一人暮しをはじめ、ほとんど家族とのつながりは断っていた。電話も、半年に一度、するかしないかである。自分には家族などいないと、そう考えていたほうが、楽な気持ちで過ごせた。おそらく、家の中と、外でのギャップが、苦しかったのだ。

家では、兄弟たちと普通につきあっていた。しかし、学校ではまったく人と打ち解けず、群れて楽しげに話をするクラスメイトたちをなかば軽蔑していた。一人暮しをはじめて印刷会社に入っても同じだった。家族などいないと考えて日々を送ったほうがいい。会社で寂しい気持ちになったとき、家族のことを思い浮かべるということがなくなるからだ。

今、アキヒロは警察に追われている。家族は、恥だと思っているだろうか。それとも心配しているだろうか。

自分はなぜ、こうまでしてこの家の中に潜んでいるのだろう。警察へ行くべきだろうか。

いや、警察に逮捕されるより前に、やっておきたいことがある。だから、この家に今は隠れ潜んでいなければならないのだ……。

ミチルはテレビの音を聞きながら、炬燵の上に顎をのせ、ぼんやりと何事か考えている。

アキヒロはできるだけ音をたてないように気をつけながら、腕時計を見た。もうじき七時二十五分、急行電車が駅を通過するはずだった。六日前の朝、松永トシオの命をうばった電車である。

人をはねた電車はどうなるのだろう。掃除だけ行なって、またすぐに人を乗せて走るものなのだろうか。それとも、車体を取り替えるものなのだろうか。

炬燵が次第に温まってきたのか、ミチルの表情は和《やわ》らいでいる。彼女は眠たくてじっとしているのか、じっとしたいからじっとしているのかわからない。

腕時計の文字盤を覆うガラスのカバーに、朝日が窓から斜めにさしこんで反射した。

ミチルの頬に、反射した光があたる。小さな円状に照らされて、白い肌がそこだけ輝く。彼女の座っていた場所は影の中だったため、光の円は明確に見えた。

雲間から太陽が光の帯を垂らし、地上の一部を丸く輝かせる。そのような神々しい光景が、頭に思い浮かんだ。

手首を少し動かしただけで腕時計の角度は変わる。彼女の顔の皮膚上を、まるで白く薄いものが這いすすむように、ゆっくり光が移動する。

彼女は身動きせず、頬の上を光が這いすすんでも、そのことに気づいた様子はない。やがて光は、彼女の鼻梁《びりょう》を越えて、ガラスのような瞳に重なった。腕時計のガラスに反射した光は、居間の空気中に浮かぶ埃を浮かび上がらせ、彼女の瞳にすいこまれ、目の中に深く入っていく。それでもまぶしそうなそぶりを見せることはない。

窓の外から、突風の吹くような、急行電車の通りすぎる音が聞こえた。

□□□□

炬燵へ入れた足先に、赤外線の暖かさを感じ始めた。電源を入れてから充分に暖かくなるまでの時間が、いつもミチルはもどかしい。それはストーブもいっしょだ。温かくなるまでの寒い時間を、ただ無力に待つしかないのだと思うと、いっそ炬燵もストーブも嫌いになったほうがいいのかもしれないと、思春期のときに考えたことがある。

ニュースが聞きたくてさきほどつけたテレビでは、期待どおり、駅で起きた事故について報道されている。事故というよりも、殺人だろうか。マツナガトシオという男がホームから転落して急行電車にはねられたのだが、現場にいたと思われる男が逃げているらしい。その男がつき落としたのだろうか。その可能性が高いと思う。

マツナガトシオ。マツナガ、という苗字から、ミチルは「松永」という漢字を思い浮かべた。正確には、どのような文字をつかうのかわからない。テレビ画面には表示されたかもしれないが、見えないのだ。一方、トシオという名前はどのような文字をつかうか、ひとつには絞りこめない。

彼の命をうばったという急行電車は、もうじき、家の裏手にある駅を通過するはずだった。時刻を見なくても、大体わかる。目の見えた高校時代から生活の習慣は変えていなかった。起きて居間でぼんやりしているときに、通りすぎる音がいつも聞こえる。

駅のほうから聞こえてくる様々な音に親しみがあった。

電車の重い鉄の車輪が、一定の速度でレールの継ぎ目を踏む音。ブレーキの、高い金属音と、まるで巨大な動物のため息のような空気のもれる音。あるいは急行電車が通りすぎるときの、大気を震わせるような騒音。

　子供のころから聞いていて、ほとんど肌に染みついていた。視界が暗闇につつまれ、家の中が宇宙のはてのように感じられるようなときも、それらの音は冥王星よりも遠くにいるミチルまで届く。

　近所の人は騒音公害のように感じるだろうか。小さな子供のいる家庭では、電車が通りすぎるたびに子供が泣き出して、迷惑しているかもしれない。

　しかし、ミチルは好きだった。海のそばで育った子供にとっての、波音みたいなものだろう。

　別のことを考えることにした。最近、身のまわりにある違和感についてである。

　いつのまにか自分の知らないうちに、食料が減っている気がするのだ。それは目立つような量ではなかったが、例えば、一日に一枚ずつ食べて一週間はもっていた食パンが、なぜか五日で消費されてしまった。もしかして眠っている間、自分が気づかないうちに食べたのかもしれないが、考え難い。

　他にも、それはごく小さな、気づくか気づかないかという程度だったが、畳の上で何か服のすれる音が聞こえることもある。自分のたてた音ではない。どこか、すぐ近くで、自分ではない何かのたてる音だった。

最初、家の中で感じる違和感の正体は、何かの動物だと思っていた。小さな動物が、知らない間に家の中へ紛れこんでいることは考えられた。たとえ窓が開いていなくても、鳴き声が聞こえなくても、小さな動物というのはいつのまにか家にいる。

小学生のころ、鼠が家で大発生し、屋根裏をかけまわったことがあった。意外とはっきり、彼らの音は聞こえるのだ。そのときは父と二人暮しだったのだが、屋根裏からがさごそと聞こえるたびにはっとして動きをとめた。

「鼠、今日も元気だね」

ある日の食事中、天井からの音を聞いたときのことだ。おかずをつまみあげようとした箸を空中で止めると、ミチルは天井を見ながら言った。

「あんまりいろんなとこをかじらないでほしいなあ」

父もまた、箸を空中で止めて、天井を見ながらつぶやいた。

今回も鼠だろうか。しかし、屋根裏をかけまわる音は聞こえない。猫や犬なら鳴き声がたいていは聞こえるはずだ。そもそも犬や猫が後ろ足で立って、前足をつかって冷蔵庫を開けている姿など、想像するとほほえましいけれど、実際にはありえないという気がする。

何かがいるとしたら、おそらく人間なのだと思う。だれかが静かに、声や物音を出さないようにして潜んでいる。知らない間に冷蔵庫を開けて、食パンをかじっている。もっとも想像し難い可能性だったが、何かがいるという違和感とともに、住人にばれてはいけないという人間的な意思を感じるのだ。

その人物は少しドジかもしれない。食パンをかじるなんてどうかしている。枚数の減ったことが、はっきりわかってしまうじゃないか。おそらくその人物は、食パンの枚数が数えられているなどとは想像しなかったのだろう。その人物は、パンの残りが少ないことを憂鬱に思うけちな女が存在するなどと、思っていなかったのだ。

かすかな優越感の反面、やはり不安だった。家のどこに隠れているのかはわからないが、自分の生活が覗かれていると思うと、恐ろしさがある。カズエに知らせたほうがいいだろう。

慎重に行動しなければならない。今、隠れている人物は静かにしている。しかし、もしも自分がだれかにこのことを知らせようとしているのがわかれば、急に乱暴な行動をとってそれを阻止しようとするかもしれない。

その人物に、危害を加える意思があるだろうか。平気で家にあがってくるような人間だから、何をするかわからない。それなら、カズエに電話をかけて知らせるのはやめておこう。自分には見えないが、すぐそばで聞いている可能性もある。

家の中の、ほとんど顔見知りといってもいいほど親しかった暗闇が、わずかに緊張をはらんでいる。だれかがすぐそばにいて、どこかから自分を見ているかもしれないという不気味さがあった。もうしばらくはじっとして様子を見よう。自分が何も気づいていないふりをしているうちは、安全だと思えた。根拠はない。ここ数日がそうだったのだからという単純な発想だった。

わからないのは、その人物が家の中の、どこに潜んでいるのかだ。すぐ近くにいるような気がする。しかし、自分が他人の家に隠れるとしたら、できるだけ住人の滅多にこないような部屋でじっとしているだろう。

そう考えていたとき、暗闇の視界の奥で、何かが一瞬だけ小さく光った気がした。光といっても、それはごく弱々しいもので、例えば目の見えていた昔、瞼をすかして太陽を見たときのような赤色をした、小さな点だった。

気のせいだと思ったとき、また光った。それに気づいても、顔を動かして、何かを感じたような素振りをするのは自制した。ただそれまでどおり、ぼんやりしている様を装う。

その赤い点は、おそらく光だった。ミチルは完全な盲目ではない。太陽などの光はかろうじて感じる。さきほど暗闇の中に浮かんだ点は、太陽が何かに反射したものだろう。例えば、小さな鏡や、銀色のボタンなどだ。明滅したということは、それが動いたのだろうか。

　点の位置から、その光を反射している何かは部屋の片隅にあることがわかる。ちょうど、テレビと東側の壁との間だ。その場所には何か置いていただろうか。いや、何もなかった。

　そこに今、だれかがいて、その人物の持っている何かが光を反射させたのだという結論へミチルは行きついた。もしそれが本当であれば、その場所は、炬燵に入っている自分から三メートルも離れていない。暗闇の視界で歩き回り、むやみに手を伸ばせば、うっかり触れるほどの距離だ。

　信じられない、という気持ちになる。

　しかし、潜んでいる場所がわかったからといって、何かが進展するわけでもなかった。今回、たまたまその場所にいるというだけで、そのうちに移動するだろう。何も、同じ場所にずっと潜み続けている理由などないのだ。それとも、居間にはストーブがあって暖かいから、居心地がいいのだろうか。

　家の外で急行電車が通りすぎた。

　昼頃に家の掃除をした。部屋の形を頭の中で思い描き、掃除機をかけていく。目が見えなくなっても、自分で掃除くらいはできた。

できるだけ家に潜んでいる人物のことは考えまいとした。何にも気づいていないように、いつもの生活サイクルを崩さないほうがいいだろう。

それでもだれかの視線がずっとどこかにあるような気がしてくる。実際はそういうわけではないとわかっている。相手にしてみれば、自分を見つめ続けることが目的ではないかぎり、追いかけて監視するようなことはするまい。

それとも相手というのはストーカーで、まさに見張っていることが目的なのだろうか。それはもっとも不安にさせられる想像だった。

何かされたら舌を噛んで死のう。そう思って、掃除機をかけながら、上下の歯で舌をあさく噛んでみる。

玄関のチャイムが鳴った。掃除機を止めて玄関へ向かい、戸を開けた。まっとうな客ならば、家の住人が出てきたと思って声をかけてくるはずだった。しかし、それがない。片手で戸を開けた格好のままミチルは困惑して声をかけた。

「あのう、どちらさまでしょうか……？」

また子供のいたずらだろうか。そう考えたとき、「わっ」と言いながら暗闇の中でだれかが飛びついてきた。

驚いて一瞬ひるんだが、すぐにそれがカズエであることに気づいた。ときどき、彼女は唐突に家へやってくる。そしてミチルを飽きさせないよういたずらをしかける。

カズエのいたずらにはなれているが、少し怒ったふりをしてみせた。

「ごめん、つい」

彼女は笑いながら謝った。

「バイトへ行く途中なの。家にあがってもいい？」

ミチルは、カズエを招き入れるべきかどうか迷った。家に潜んでいる人物が気になった。まず、そのことについて相談するべきなのだろうか。

「おじゃまします」

カズエはそう言うと、ミチルの返答を待たずに家へあがって廊下を歩き始める。引き止める間もなかった。小学生のときに知り合って以来、彼女はすでに何度もこの家に来ている。だから、我が家のように振舞う。

彼女の足音は居間へ向かう。それを追いかけながら、彼女が居間に潜んでいる人物と目を合わせて硬直する様を想像した。

「カズエ！」

居間の入り口で、声をかける。

「なに？」

彼女が居間に入り、何事もなく普通に座りこむのが、音でわかった。肩透かしをくらう。

ここにだれもいなかったかと尋ねようとして、言葉を飲んだ。その質問はまずいかもしれない。家に潜んでいる人物は、現在、居間にはいないらしい。見えないのでわからないが、カズエが騒いでいないということはそうなのだろう。ということは、そのような人物がいることは自分の思い過ごしか、あるいはどこかへ隠れているかだ。

もしもその人物が隠れているとして、会話の聞こえるような場所にいるのなら、だれもいなかったか、という質問をするのはいけない気がした。それを聞いた相手は、「しまった、ばれていたのか」と気づき、持っているにちがいないナイフやピストルを取り出して隠れ場所から現れ、乱暴なことをするかもしれない。考えてみると、まちがいなくそうするような気がしてきて、恐ろしくなった。自分はさておき、カズエが巻き添えになるのは嫌だ。

「どうしたの？」

なんでもない。そう首を横に振ると、カズエは世間話をはじめた。バイト先の愚痴や、家で起こった嫌なこと、楽しいことを彼女は話す。ミチルは座って、それを聞いた。

カズエの話が好きだった。すべて、自分とはかけ離れた違う世界のことのように思えた。彼女がバイト先の飲み屋でグラスを運んだり、散らかったテーブルの上を片づけたりしている様を想像する。

働くのなんてもう嫌だわ、という口調で彼女は話すが、それらひとつひとつの話から想像されるカズエの姿はいつも輝いていた。自分がいつも暗闇の中でじっとしているから、外の世界を自由な魚のように動き回る彼女をそう見るのかもしれない。

単純にうらやましいというのとは少し違う。目が見えなくて同じように働くことができないことを悲観しているのではない。

カズエは自分と違って、エネルギーを持っている気がするのだ。柔軟にいろいろなこととつきあって、彼女は世界と融合し、親しく溶け合っているように思える。

例えば少し前、カズエは、バイト先の知人との飲み会について話をしていた。ごく自然に、生活の一部でもあるようにだ。

一方で自分は、そういったことに関わったことがない。目が見えていて、そういう機会があったとしても、参加するのに抵抗があると思う。みんなで楽しく盛り上がっている場所よりも、静かに盛り下がっている場所のほうが、居心地がよさそうだった。そう考えるとき、自分は、世界という名前のシチューの中で、溶けずに残った固形スープのようだと感じる。

自分とカズエの間にそういった体温の差みたいなものがあるから、彼女の話を聞いて、それがたんなる愚痴であったとしても、別世界のことのように思えて楽しいのだと思う。

カズエは、先日いっしょに行ったイタリア料理のレストラン『メランザーネ』に、毎日、通っているらしい。ウェイトレスをしているハルミとも親しくなったそうだ。カズエは、だれかと仲良くなるのが上手だ。

「そういえばこの前の写真、現像したけど、ほしい？」

「いちおう、ほしい」

ミチルはそう答えながら、画像が凹凸になって表現される写真が発明されればいいのにと考えた。

「ねえ、ちょっと他の部屋を見てきていい？」

彼女が立ちあがる。理由を聞くと、ちゃんとミチルが掃除できているかどうかをチェックしたいのだそうだ。

「姑みたい」

そう言って許可をする。それを聞くと、さっそく彼女は家の中を歩き回り始めた。見られて困るものはない。居間にカズエが戻ってくるのを待ちながら座ってお茶を飲んでいると、家の中にいるのがもしかしたら二人ではなく三人なのだということを思い出して焦った。

「カズエ！」

「なあに？」

隣の部屋から、彼女の声がした。昔、父のつかっていた部屋だ。居間を出て、そこへ向かう。まだカズエは、家に潜んでいるかもしれない人物と、はちあわせしていないらしい。

父の部屋に入ると、彼女が部屋の中を歩いているらしい畳を踏む音が聞こえる。

「ここ、ミチルのお父さんの部屋だったよね。小学生のころ、二人でこの部屋で遊んだよね」

ミチルは頷く。父と二人暮しをしていたときのことや、そこによくカズエが交じって三人で出かけたときの話題で盛り上がる。少し笑いあったあと、お互いにだまってしまい、部屋の中に沈黙だけが残った。

電気がついているのかどうか、カズエがどんな表情をしているのかもわからない。ただ、口をつぐんで彼女が自分を見ているのだということがなんとなく感じられた。

「ミチル、お父さんが亡くなってから、ずっと外に出てないでしょう」

「ううん、カズエといっしょに買い物に行ったりしてるでしょう？」

「そうじゃないの。例えば、一人で散歩をしたり、コンサートへ行ったり、楽しむようなことをしていないじゃない」

「いいよ、そんなこと。家で一人なのが楽しいから。それに、一人で杖をつかって外に出るのって、すごく恐いのよ」

「練習すればいいわ。手伝ってあげる」

以前、杖を持って外を歩く練習をしようとしたことがある。そのときに鳴らされた車のクラクションが、今でも耳に蘇る。もう、二度と一人で外には出るまいと思った。家の中で横になり、体が腐敗していくように感じながら、静けさを聞いているほうが安らいだ。

「……断らせてもらう」

「そう……」

カズエはそう言うと、バイトがあるからと急いで家を出ていった。ミチルも玄関まで行って、送り出す。

白杖は、玄関の傘立ての中に放置していた。それを手にとって、先端で足元のコンクリートをつついてみる。硬い音がした。

自分が閉じこもって外に出ないのを、カズエは内心でいらだっているのだ。その感情の波は、空気を伝わって感じた。それでも、自分のことはこの家とともにそっとしておいてほしい。彼女には申し訳ないが、そう思っていた。

□□□□

ミチルとその友人が部屋から出ていき、アキヒロは押入れの中で安堵のため息をついた。ほどなくして玄関の戸を開閉する音が聞こえてきたので、客が帰ったものと考える。

玄関のチャイムが鳴ったとき、咄嗟の判断で居間から逃げ出して正解だった。勝手口から外へ出るか、それとも家のどこかに潜むかを迷ったが、後者を選んだ。居間の隣にある部屋へ行くと、直後に、彼女ではないだれかの足音が玄関をあがって歩く音を聞いた。逃げ出すのが遅ければ見つかっていたかもしれないと、安堵しながら押入れを開けた。中は上下段に分かれており、布団や衣類などが詰めこまれていた。そのうちの下段にアキヒロは飛びこんで、客をやり過ごしていたのだ。

騒々しい掃除機の音がする。ミチルが掃除を再開したのだろう。それに紛れて動けば、容易に足音を感知されはしない。アキヒロは隠れていた場所から出る。

彼女は、家にあるすべての窓と襖《ふすま》を開け放して、六畳間に掃除機をかけていた。風通しがよくなり、冷たい風が家の中を吹き抜ける。廊下を静かに歩く最中、横を見ると、彼女が一生懸命に作業している。足音に気づく様子はなく、無事に居間へ戻ることができた。

いつもの位置に座る。右斜め前にある窓も開け放されており、冷気が、着ている服の上から体を冷やす。窓から二メートル離れたところに駅のホームがある。雨や日差しを避けるための簡単な屋根が、数本の鉄柱で支えられている。そのため、部屋の隅から窓越しに空を見ようとしても、半分は屋根に遮られた。もう半分から見える空の色は、鉄のような灰色をしている。

さきほど押入れの中で聞いた、ミチルとその友人のやり取りを思い出す。隠れていた部屋は、どうやら父親の部屋だったらしい。いつから、どのような理由からかはわからないが、ミチルは父親と二人暮しをしていたようだ。母親はどうしているのだろう……。アキヒロは、彼女の母親について考えていることがひとつだけあった。しかし、それは彼女自身に聞かなければわからない問題だった。

家族の数が少ないというのを、うまく想像できなかった。アキヒロの家には祖父母も健在で、両親と二人の兄弟に囲まれていたから、大勢の人間が騒々しく家の中にいた。

食事は炬燵を囲んでとった。台所にテーブルはあったが、居間へ料理の皿が運ばれて、そこで食事となる。人数が多いので、炬燵の上は隙間もないほど皿で埋め尽くされる。

彼女は父親と二人暮しをしていたらしい。ということは、いつも食事のときどうしていたのだろう。食卓は隙間だらけだったのだろうか。

父親が死んで、彼女は目の見えないままこの家で暮らしている。ここ数日をそばで見ていたが、不都合らしきものはないらしい。自分の住みなれた家だから、見えなくても歩き回ることができて、起こることのすべてが予測できるのだろう。

階段の上にあった夜の闇を思い出す。小さな豆電球ほどの光なら、音もなく飲みこんで消滅させてしまうような、深い闇があった。しかし彼女は、その中でためらうことなく歩き回り、生活をしているのだ。家の中の暗闇であれば、何もかも知り尽くしているらしい。

そして彼女は、自分の領域である家の中から一人では出ないようだ。アキヒロは、健康、不健康という言葉に興味はない。彼女の友人のように、外へ出たほうがいいと積極的には思わなかった。ただ、もっと外へ行ってくれれば、潜んでいる身には楽だと思った。

掃除機の音がやんだ。しばらくすると、彼女が居間に戻ってきて、アキヒロのいるほうへ近づいてくる。迷いのない堂々とした足取りだったため、一瞬、ついに見つかったのかと思った。

膝を抱え、アキヒロは体を縮める。呼吸を止めていると、彼女は朝と同じように、アキヒロのつま先から五十センチと離れていない場所に立って、開け放していた窓を閉めた。どうやら気づかれたわけではないと知り、安堵する。

窓を閉めた直後に、彼女が動きを止めた。まるで、耳をすませてアキヒロの呼吸音を聞き取ろうとするような仕草だった。しかし次の瞬間には振りかえって背中を見せると、何事もなく立ち去る。考えすぎるのもよくないと思い、彼女が動きを止めたのは、ただの偶然だったと結論づけた。

彼女の動きを見ていると、家の中でも、通る部分と通らない部分があることに気づく。例えば、アキヒロが潜んでいるような部屋の隅に来ることは滅多にない。窓を開けるときだけだろう。まるで彼女は自動的に巡回をする警備ロボットのようだった。

もしも見つかったら、彼女は悲鳴をあげて警察を呼ぶのだろうか。おそらくそうだろう。自分の知らないうちにいつのまにか家の中へ潜んでいる人間がいるのだから、身の危険を感じるにちがいない。アキヒロはそうなる瞬間を考えて、恐怖した。


寒い夜になった。

ミチルはさきほど居間に入ってきて、炬燵に体を入れたらしいが、部屋が暗くてよくわからなかった。部屋の中はストーブもついておらず、窓から、駅のホームの白い明かりが薄く入ってくるだけである。その薄明かりも、アキヒロのいる部屋の隅をかろうじて見える程度に照らすだけで、部屋の中はほとんど何も見えなかった。

突然、機械の合成された声が聞こえた。十二月十五日の午後七時十二分であることを示す声だった。おそらく彼女が、炬燵の上にある置時計のボタンを押したのだろう。彼女の立ちあがる音が聞こえる。

アキヒロは窓の外に目を向けていたが、彼女が居間の蛍光灯をつけると、窓ガラスは鏡のようになり、外に見えていた閑散とした駅のホームが消えて、部屋に立っているミチルの姿が映った。

アキヒロは、反射して外が見えにくくなった窓ガラスに顔を近づける。自分の影がガラスにあたり、その部分だけ、向こう側がよく見えるようになる。横目で部屋の中を見ると、ミチルはストーブをつけて静かにその前へ寝転がったところである。

最初はストーブもただの冷えた金属だったが、やがて中で火が大きくなる。

居間は八畳の広さを持つ、正方形の空間である。その中心に炬燵があり、隅にアキヒロが座っている。アキヒロとは対極の角に電話の台がある。炬燵と電話の間あたりが割合に広く空間が確保され、そこにストーブがあって彼女がいた。

アキヒロからストーブまで距離があった。それでもぬくもりの波が、炬燵を越え、天井の下の空間を渡って届いてくる。体の表面から内側に向かって解きほぐされるような暖かさが浸透していく。

窓から外を見る。各駅停車の電車が駅に到着し、走り去る。さきほどまで寂しかったホームに、電車から降りた人々が見えた。会社や学校からの帰りなのだろう。電灯に照らされているコンクリートのホームを、寒そうにしながら去っていく。すると、駅はまた無人の空間となった。

ストーブの炎と、その前に横たわっているミチルを見ながら、不思議な気持ちになった。一瞬、彼女が親しい人間のように思えたのだ。おそらく、ずっと同じ部屋にいるからだろう。しかし自分とは関係のない他人なのだ。そのことをときどき、忘れそうになる。それを防ぐため、あまり彼女を見てはいけないと思っていた。

ミチルは眠っているのだろうか。しかし彼女の場合、ただ横になって静かにしているだけというのが、生活の中で多くの時間を占めている。家事をしないとき、普通の同世代の人間が外で遊んでいるような時間、いつもじっとして動かない。

それを楽しんでいる雰囲気もあった。植物のような生き方だと思う。ただ葉を広げて陽光を受けとめているような、憎しみもなにもない世界の住人のように思えてくる。

横になって動かない彼女を見ながら、やがて焦りを感じ始めた。

ストーブが点火された最初のうちはよかった。しかし、時間が経過するとともに、火は、ちょうどよい大きさを通り越していた。本来あるべき正しい炎の位置よりも、十五センチは高く燃えあがっている。

炎を小さくしなければ、そのうちに危険なことになる。彼女がそのことに気づけばいいのだが、その気配はない。自分が動いて、火を弱めるべきかどうか迷った。しかし、動きたくてもためらわれる。

彼女がはたして眠っているのかどうか怪しかった。もしもただ横になっているだけで意識は覚醒しているのなら、自分の動く音に気づくだろう。

迷っているうちにいよいよストーブの火が強くなっていく。その四角いストーブには、鏡のような反射板が火の周囲を囲む形で取りつけられている。そこに高くなった炎が映りこんで、一斉に赤く燃えている。

そろそろ危険だと思い始めたとき、小さな寝息が聞こえた。

彼女は眠っている。

アキヒロは決断して、腰をあげた。静かに移動を開始する。

長い間、立ちあがらなかったので、足が強張っている。家と同様に古い畳は、踏み出して体重がかかると、みしりと音を出す。それを聞いた彼女が起きて悲鳴をあげるのではないか。そのような恐れと胸の中で戦う。

しかし、火事になるほうが、ずっと恐い。

彼女はストーブの前で横になっている。その手前で立ち止まり、アキヒロは膝を曲げて中腰になる。彼女の上を越えて、手をストーブに伸ばす。ミチルの顔が腕のすぐ下にあった。目を閉じて、心地よさそうに眠っている。彼女が呼吸し、胸が小さく上下するのを見た。

火力はダイヤルで調節するらしい。それをつまんでゆっくりまわした。高く燃えていた炎が、すぐにしぼんで小さくなる。アキヒロは安堵した。

突然、彼女のまぶたが開いた。ストーブに伸ばしていた腕をとっさに引き戻したが、ついに見つかったと思った。

アキヒロが中腰の不安定な状態で動けないでいると、彼女がすぐ目の前で上半身を起こす。少しだけ、彼女の服の袖がアキヒロに触れた。しかし彼女は、すぐ横に他人がいるとは思っていないようである。体温さえ空気越しに伝わり、呼吸する音さえ聞こえてくるほど接近していた。

彼女はあくび交じりに周囲を見まわした。彼女の瞳は間近で見るとさらに澄んでいた。しかし彼女は何かを見ているわけではない。視線は、そばにいるアキヒロの体を通り抜けていく。自分の体が透明なガラスでできているような気持ちになる。

中腰のまま、動くことはできなかった。アキヒロは息をつめて動きをうかがう。

彼女はストーブの前に手をかざし、火力の調節ダイヤルを確認した。何事か考えているようだったが、やがて立ちあがり、居間を出ていった。彼女の足音が、洗面所のほうへ向かって小さくなる。

そこに至ってようやくアキヒロは息を吐き出し、畳の上に手をついた。

□□□□

カズエが立ち去った後、掃除を続けた。

時間がたっても、ミチルは、彼女と別れ際にした話のことばかり考えていた。自分は、一人では家の中から出たくないと思っている。ほとんど目が見えない中、杖だけで外を歩くのは困難だった。カズエの言ったとおり、練習をすれば問題なくできるようになるものなのかもしれないが、気が乗らない。

家の中ならば、どこに、どれくらいの段差があるのかわかっている。しかし外になると、まったく未知の世界だ。暗闇の中で、突然に現れる段差や障害物、いきなり顔に吹きつけられる飲食店の換気扇、それらがいちいち恐い。自分は道の隅を歩いているつもりだったのに、いつのまにか交差点の真ん中にいるかもしれない。車にクラクションを鳴らされても、どちら側に逃げればいいのかもわからない。たとえ、杖を触角のかわりに自由に扱えるようになったとしても、目が見えていたころと同じように自信を持って街中を歩くことなどできないのだ。

すべての道に、視覚障害者用の黄色い点字ブロックが取りつけられていれば、靴底の裏でそれを感知して歩きやすいだろう。しかし点字ブロックのある道などごく一部である。

もうミチルの視力はもとにもどらないが、保険や行政の関係で、毎年、病院や市役所に行かなくてはならない。カズエが友達のよしみでガイドをしてくれるが、昨年、病院の予約とカズエのスケジュールが合わなかった。

そこで、電話をして、市の身体障害者協会に登録してあるガイドへ申しこんだ。そのときミチルの担当をしてくれたガイドは、二人の子供を持つ主婦だった。

彼女はミチルの家まで迎えにきて、電車やバスに乗るのを手伝ってくれた。はじめて会う知らない人だったが、彼女の腕につかまっていると安心感があった。

「毎年、視覚障害者が集まってバス旅行をしているから、あなたもいらっしゃいよ」

彼女は親しげに誘ってくれた。それから、同じ市に住む弱視の男性の話を聞かせてくれた。

その男性は、すでに中年を通り越した年齢なのだが、元気がよく、腕につかまって歩いているときは胸をはって堂々と歩くのだそうだ。その様は、まったく視力に障害があるようには見えない。はきはきとした声を出して話をする。

しかし彼女はあるとき、町中で一人、白杖をついて歩いているその男性に遭遇した。相手からは見えないので、彼女のほうが見つけたのだが、あまりにいつもと様子が違うので、最初は他人かと思ったそうだ。

その男性は、慎重な動作でゆっくりと歩いていた。不安そうにしているのが、傍《はた》から見てわかったという。声をかけると、ぱっと顔を明るくしたそうだ。あらためて、視力に障害のある人にとって、歩きなれない道を一人で歩くという不安の大きさについて知らされたという。

ミチルは、家の外のことを考えるとき、いつもその話を思い出した。

「見えなくなって、家から出なくなる人って大勢いるのよ。四割はそうね」

ガイドを担当した主婦はそう言い、バス旅行を企画するのはそのためなのだと説明した。

自分もその大勢の一人だとミチルは思う。わざわざ外へ出る必要があるとは思えないのだ。家の中の限られた空間の中で、なれ親しんだ暗闇に包まれ、だれにも自己主張することなくひっそりと生きる分には外になど行く必要がない。

家の中にじっとしていれば、自分は世界の様々なものと関わり合いにならずに生きていける気がした。家の周囲に卵の殻みたいなものができて、内側に暗闇の空間と自分とを包んで守ってくれる。

掃除のために開け放していた家の窓を、ミチルは閉めてまわった。

居間の窓を閉める際、隠れている人物のことが頭をかすめた。居間の窓は、あるはずのない光の反射があった地点の、すぐ手前に位置している。しかし、あれから時間がたった。カズエが来たとき、すでに居間にはだれもいなかったのだ。だから、居間の片隅にまだだれかがいるとは思えなかった。

安心して窓に近づき、閉める。

畳の軋《きし》む音が、すぐそばから聞こえた。

音とは言えないほどの、小さな音だった。目が見えなくなって、聴力はその分、敏感になっている。たった今だれもいないだろうと考えた部屋の隅から、確かに聞こえた。畳の上に重いものが載っていて、わずかに体重移動をしたような音である。家の中にいるのが自分だけではなく、そしてまさに今、同じ部屋の中にいるのだと知る。

ミチルは咄嗟に、舌を軽く噛んだ。驚くような素振りを見せてはいけない。普通に窓から離れ、居間を出る。

必要なのは、いつもどおりの行動だ。気づいていないと思わせているうちは安全にちがいない。

ふと考えた。自分は暗闇の中でいつもじっとしながら、ゆっくり死んでいくことをイメージしていたのではなかっただろうか。ひどいことをされたら、舌を噛んですぐに死のうという覚悟はついている。そのくせ、安全か危険かについて考えている自分は矛盾している気がする。

そう考えると、少し余裕が生まれた。もう恐怖や不安ばかりではなかった。そこに、怒りが加わっていた。

掃除を終えて家中の窓を閉めきると、しばらく二階の自室に閉じこもる。

やがて、ミチルは心構えをして再び居間に戻った。

侵入者がまだ部屋の片隅にいるのかどうかは定かではなかった。自分が居間を出た後、移動している可能性もある。しかし、居間の中の暗闇を見つめて、直感的に、まだいるような気がした。

居間にあるすべての引き戸を閉めて、密室にした。その中に知らない他人といるのだと考えると恐ろしくもあったが、すでにそればかりではなかった。対抗心が、わずかに生まれていた。

あることを試してみる気になっていた。ストーブをわざと強めの火にして、寝たふりをするのだ。侵入者も死にたくはないだろうから、きっとあせるはずだ。そのとき、どのような行動に出るだろう。それでも無視して潜んでいるつもりだろうか。

一歩まちがうと火事になる。しかし、しばらくして何も起きないようだったら、すぐに炎を弱めればいい。

ミチルは時間を確認し、そこでようやく夜だということを知る。電気のスイッチを入れ、ストーブをつけた。火力を最大にセットし、横になる。

そもそも、自分のすぐそばに潜んでいる人物とは、いったいどのような人間なのだろうか。女なのか、男なのか、大人なのか、子供なのか、まったく何もわからない。もしかすると、自分がつくった妄想であり、実際は何もいないのではないか。それは、だれかが隠れているという考えよりも現実的な気がした。自分は知らないうちにノイローゼか何かになって、些細な音を聞いては何かに関連づけたいのだ。家が軋んで音をたてることはよくある。冷蔵庫の中が減っているのは、減っている気がするだけで、実はそうではないのかもしれない。

次第にストーブが暖かくなっていく。その手前に寝転んで体を猫のように丸めるのが好きだった。しかし、だれかが背後から見ているかもしれないと思うと、首の裏側あたりがぴりぴりとする。

外から、電車の通りすぎる音が聞こえてくる。レールの継ぎ目を踏み越える車輪の連続的な音。子供のころからよく聞いていた。ずっと家はここだった。父の服を折りたたんでいる夕方、その音を聞きながら、テレビでやっていた再放送のアニメをよく見ていた。

電車の音を聞いて、少し前にそこの駅で起きた事故のことを思い出す。

そういえばテレビでニュースをやっていた。男の人が死んで、その現場にいた男が行方をくらましているという。きっと行方不明の男が、つき落としたのだろう。確かその名前を、ニュースキャスターは読み上げた。どんな名前だっただろう。確か、オオイシアキヒロとニュースキャスターは言ったような気がする。

オオイシという苗字は、おそらく「大石」と書くにちがいない。アキヒロという名前にあてはめる漢字は、よくわからなかった。

事故があったのは、交番の人がうちを訪ねてきた日だったと記憶している。あのときの人は、大石アキヒロを捜していたに違いない。

はっとした。警察の目から逃れて、彼はどこかに隠れなければならなかった。そう考えると、この家に潜んでいる人物が、その大石アキヒロなのではないかという推測ができた。

事故があった日の午前中、玄関のチャイムが鳴ったのを思い出す。外に出てみてもだれもいなかったが、実はその瞬間に彼は家の中に入りこんだのかもしれない。

つまり大石アキヒロは、駅で事件を起こした後、うちに逃げてきたのだ。彼は、以前からこの家の住人が視覚障害者であることを知っていて、格好の隠れ家だと思ったにちがいない。

家の中に潜んでいる人間は、自分めあてのストーカーなどではなく、警察の手を逃れている犯罪者なのだ。ミチルは、隠れている人間のことを、大石アキヒロだと結論づけた。

しかし、なぜ彼はこんなところに隠れているのだろうか。自分が彼の立場で、警察へ行こうと思わないなら、近くに潜んでいるよりも、遠くへ逃げることを選ぶだろう。新幹線にでも乗ってはるか南の地を目指すというのはどうだろう。警察の追っ手を振りきりながらハリウッド映画のように逃避行を続ける様を想像した。電車の中で、警察の乗っている車両を切り離したり、ダムの上から飛び降りたり、高層ビルに閉じ込められて、窓から脱出して、落下の恐怖と戦いながらわずかな足場を進んだりしていると、少しおもしろい。

そこまで考えたとき、自分が思いのほか、深く眠りの中に入りこんでいることに気づいた。目を閉じて考えこんでいただけなのに、いつのまにか意識は眠りの沼の中に片足をとられていた。どれくらいの時間、うとうとしていたのだろう。

上半身を起こした。頭が重く、眠りの靄《もや》が薄くかかっている。それからはっとして、慌てる。このまま眠って夢を見続けていたら、火事になっていたかもしれない。

ストーブの火を弱めようとして、気づいた。いつのまにか、炎はちょうどいい大きさにまで調節されている。ダイヤルの位置は指先の感触でわかる。ストーブの前に手をかざして感じる温度でも、それがわかった。

自分が眠っている間に、潜んでいるであろう大石アキヒロという人物が調節したのだ。そう理解する。

重要な瞬間を見逃した。ミチルは舌打ちしそうになる。

しかし、達成感はあった。自分は眠ってしまったけれど、反応は引き出せたのだ。おそらく彼は、わざとストーブの火が強められていたとは思うまい。

そして、ストーブの火を調節してくれた彼は、それほど悪い人間ではないんじゃないか、という気がしてきた。世間一般的に、大きすぎるストーブの火を、住人を起こさずに弱めてくれる人は、悪い心の持ち主ではないように思うのだ。

ミチルは洗面所で顔を洗った。おなかがすいたので、夕食にしようかと思う。

家にいる侵入者のことを考えたとき、これまでは暗闇の中に危険なものを感じていた。しかしそれが、少しだけ弱まった。どこか、空気が柔らかくなったように思う。だからといって、勝手に家の中に入ってくるような人間に気を許すことなどできない。

これまで、侵入者の存在には気づいていないふりをしてきた。おそらく彼は、自分が気づかれていることに、気づいていないだろう。これからもそれを続けて、隙をうかがってだれかに相談しなければいけない。

今日、カズエが来たとき、話すチャンスがないまま彼女は帰っていった。そのうちに彼女と外出したとき、彼のことを言おう。外でなら、大石アキヒロに聞かれる心配もなく、ゆっくり相談できる。

台所へ行き、椅子を棚の前に移動させた。棚の高いところにしまってある皿をとりたかった。しかし手が届かないので、椅子にのぼって手探りしなければならなかった。

椅子の上に立ち、目的の皿を探した。何かの機会にもらったままつかっていない小皿のセットや、重い土鍋といっしょに、目的の皿は並んでいる。

彼の分も料理を作ってあげるのはどうだろう。そうすれば、こいつは利用価値があると思ってくれるかもしれない。もちろん、本気ではなかった。

椅子がぐらついた。昔から家にある椅子で、古くなっていることは知っていたが、楽観的に考えていた。

急いで体勢を立てなおそうとしたが、遅かった。

左足を椅子から踏み外した。台所の床に落ちて、転ぶ。

左肩を強く棚にぶつけた。痛みというより、衝撃が体中を走った。

棚が、大きく傾《かし》いだように感じた。目が見えないはずなのに、倒れかかる棚の巨大な影が、自分の上に覆い被さる様を見た気がした。実際は、棚が倒れてきたりはしなかった。

上から何かが落ちて、周囲で次々と弾けた。つかわずに置いていた小皿のセットだと、瞬間的にわかった。転んだ自分のおなかの上にも、一枚、落ちてきた。

やがて何も音がしなくなり、周囲が落ちついてから、足や腰に痛みを感じた。

しかし、幸いなことに、落ちてきたのはどうやら小皿だけらしい。安堵して、ため息を吐《つ》く。

土鍋が頭上に落ちてこなくてよかった。大きく、殺人的な重さの土鍋なのだ。もしそれが脳天に落下していれば、無事ではすまなかっただろう。最悪の場合、死んでいたかもしれない。死亡原因が土鍋の落下だったと知ると、カズエは悲しむというよりも吹き出してしまうにちがいない。

立ちあがり、周囲の状況を手探りで確認した。破片で手を切らないように気をつける。小皿だったもののおびただしい残骸が床に散らばっていた。

スリッパを履き、箒で破片を集める。暗闇の中で行なうその作業は、いつも神経をつかう。

手探りし、テーブルや椅子の位置を確認していると、手に何か硬いものが触れた。テーブルの上に、重い大きな塊が載っている。持ち上げて調べてみると、どうやら土鍋だとわかる。

あらためて、今度はぐらついたりしない椅子に乗って、棚の上を探った。そこにあるはずの土鍋がない。

さきほど、土鍋はテーブル上に落下していたというのだろうか。いや、そんな音はしなかった。ふわりと着地したのだろうか。そもそも、棚とテーブルは少し離れている。

棚が傾いだとすれば、真下にいた自分の上に落下するはずだ。

考えられることはあった。それは、空中でだれかにキャッチされて、テーブル上に置かれたということだ。

ああ、そうか。深く納得して、そばにいるかもしれない大石アキヒロに対してありがとうと声をかけた。頭の中に深い思惑もなく、つい、ごく自然にその言葉は出てきた。言ってから、しまったと思った。

□□□□

十二月十七日。

アキヒロがミチルの家に隠れて、一週間が経過した。それはつまり、松永トシオの死んだ日から一週間がたったということだ。今ごろ、街の賑やかなところはクリスマスの飾りつけが行なわれているのだろうと考える。しかし、彼女がそのイベントを気にしている様子はない。

もっとも、彼女がひとり言をつぶやいたり、鼻歌を口ずさんだりするところを見たことはなかったので、気にしているかどうかは本当のところわからない。しかし、彼女にはどこか、たとえ世間がクリスマスや正月を迎えるとしても、家の中で動かずに息を潜めているような、いつもと変わらない生活を続ける雰囲気があった。

居間の隅に座り、耳をすます。遠くから洗濯機の動く低い音が聞こえてくる。彼女は洗濯をしているのだろう。

アキヒロは自分の服のことを気にした。一度も洗濯していないため、そろそろ着替えをしたい。洗濯機を借りると、夜中でも、二階で眠っている彼女に気づかれるかもしれない。脱いだものは一箇所にまとめて隠し、彼女が外出したすきに洗ったほうがいいだろうか。

そう考えて、彼女に気づかれるも何も、すでに自分の存在は知られているのだと思い出した。

二日前の夜を思い出す。彼女が椅子の上に立って、棚の高い場所にあるものを取ろうとしていたときだ。そうする姿を見た瞬間から、いやな予感はしていた。椅子は木を組み合わせた古いもので、彼女が乗ったとき、歪んだ気がしたのだ。

彼女が転んで、棚がその上に倒れてきたときのことを想像した。もちろん、助けたりしてはいけない。

例えば、転びそうになった彼女を支えたとする。そうすれば、自分の存在を知らせることになる。むしろ、彼女が大怪我をして入院でもすれば、家に潜むことは楽になり、好都合だ。だから、もしものことが起きても、彼女の危険を無視しなければならない。

もしものことは、そう考えた次の瞬間に起きた。彼女が椅子から落ちて転び、ぶつかった棚が倒れそうになる。アキヒロのいた居間の隅から、台所の彼女がいる場所までは、五メートル程度の短い距離だった。

アキヒロはいつのまにか、彼女のそばにいた。

咄嗟に、倒れそうになる棚を支えて戻した。傾いたせいで、棚の、開いているガラス戸の奥にあったものが落ちてくる。皿を受けとめることはできなかったが、落下してきた重い土鍋を、倒れた彼女の頭上十センチ程度の場所で受けとめた。土鍋をかたわらのテーブルに載せて、自分はなぜここにいるのかと首をひねる。

自分でも気づかないうち、意思に反して、彼女が椅子へあがったときから飛び出す心構えをしていたらしい。

彼女が落下したショックで動けないうちに、急いで居間のもといた場所まで戻った。足音を聞かれる恐れはあったが、そのままそこにいては、破片を掃除する彼女に見つかってしまう危険があった。

彼女はやがて立ちあがり、周囲の状況を確認しはじめた。居間の隅に座って見ていると、箒で皿の破片を片づけ始める。

彼女がテーブル上に土鍋があることを手探りで探し当てた。

そのときに、自分のミスを知った。土鍋がそこにあるのは不自然だ。棚の上に戻しておかなければいけなかったのだが、急いで彼女のそばから離れることばかり考えていたため、テーブルに置いてきてしまっていた。

アキヒロが息を飲んでいると、土鍋に触れた彼女は、一度、棚の上を確認して、ため息を吐き出すように言った。

「あ、ありがとう……」

小さな声だったが、少し離れた場所にいるアキヒロにまでしっかりと届いた。ひとり言ではなく、家の中にいるだれかへ向けた言葉だった。

彼女は、家に潜んでいる自分の存在に気づいていた。ただ、気づいていないふりをして生活していただけだった。アキヒロはそのことを知った。

声を出した彼女は直後に、それが失言だったと言わんばかりに表情を硬直させた。しかし、それからは何事もなかったように、散らばっている皿の破片を片づけ始めた。

次の日、彼女の動きを気にしながら一日を過ごした。勝手に家へ侵入している自分のことに気づけば、すぐにでも警察へ通報されてもしかたがない。いつ彼女が警察を呼ぶために電話へ向かうだろうかと、心配しながらアキヒロは過ごした。しかし、彼女にそうする様子はなかった。

それまでのペースを崩さず彼女は過ごしていた。まるで、揉め事などは起こしたくないとでもいうように、静かな閉じた生活を続けた。

アキヒロも彼女に合わせて、何もなかったように振舞った。昨夜のことはアクシデントで、自分が助けたのは事故ならば、彼女が自分に対して話しかけたのも事故だった。それらのことは存在せず、お互いに忘れよう。そう暗黙のうちに取り決めたような雰囲気があった。

二晩があけて今日、洗濯機の回る音を聞きながら、そのことばかりが頭の中をめぐった。

窓の外に目をやると、駅のホームが見える。細長いホームの端の部分が、窓の正面に位置している。線路をはさんだ向こう側にも、もうひとつコンクリートのホームがある。定期的に電車がその間を横切っていく。

ミチルは、他人が家の中にいることに気づいていた。そして、気づいているということをその他人に覚られ、それでもなお警察を呼ぼうとしない。

それはなぜだろう。アキヒロはこれまで、彼女が自分に気づいたときのことを想像して、内心、恐怖していた。おそらく彼女は悲鳴をあげるのだろうと思っていた。しかし、それもない。

アキヒロが考えていると、居間の引き戸が開いた。

ミチルが居間に入ってきて、寒そうな様子で炬燵に入る。その位置はストーブの正面でもあった。いつものように寝転がって、そこが自分の死に場所だとでも主張するように動かなくなる。

居間は密室だった。その狭い空間の中、二つの呼吸があることを、彼女は知っている。知っていて、なお知らないふりをして振舞っている。

アキヒロはそれまで、彼女が居間にいるときは決して動こうとしなかった。何か物音をたてれば、彼女に覚られるからだ。しかし、彼女がすでに自分の存在を知っているのなら、そうやって音を出さないようにしていることは、無意味なことだと思う。

これまで、目の前に寝転がっている彼女がいるとしたら、ただそうしている他人がいるのだという印象でミチルを横目で見るだけだった。しかし今はもう、それはできなかった。

アキヒロは、窓の外と、寝転がっているミチルとを、交互に見た。あいかわらず彼女は横になったまま、自分一人の世界に入りこんでいる。

彼女が知っているのだということを、自分はもう知った。彼女がこれまでと同じように振舞っているとしても、彼女の頭の中には、家に侵入した他人という存在として、自分が認識されている。自分はペンキをかけられた透明人間なのだ。二晩前のことをなかったことにはできない。

アキヒロはためらった後、決心して立ちあがった。

そして歩く。

畳を踏むときの、普段なら気にもとめないようなその音が、騒音のように静かな部屋へ広がる。寝転がっている彼女は気づかないはずがない。

ミチルははっとしたように、片手を畳につけて上半身を起こした。何も映さない瞳は空中に向けられている。まるで、寝ているところを揺り起こされて飛び起きた子供のような顔をしていた。

台所へ続く引き戸を開ける。戸にはまっている薄いすりガラスが、開けるときに振動して音をたてる。

家の中に他人が間違いなく存在する。あらためてそのことを、自分の意思で伝えたかった。そして、それを知った彼女はどういう行動に出るのかを知りたかった。もしそれで悲鳴をあげるのならしかたない。家を出ていこうと思っていた。

直接に声をかけるのは気が引けた。ただ遠くから小石を投げてじっとうかがうような、遠まわしな接触しかできなかった。声をかけるのは、あまりにも自分の姿を彼女にさらけ出すようで恐かった。

彼女はしばらく耳をすませたが、やがて再び何事もなかったように横になった。その様子を、台所から見た。だれかに助けを呼ぶことも、警察へ電話しに立つこともなかった。髪の毛に癖がつくのも考えないような仕草で、ゆっくりと炬燵の掛け布団に彼女は深く顔をうずめた。

彼女がどう思ったのかはわからない。しかし、何も起きる様子がないことは事実だった。信じられないという気持ちもあった。しかし一方で、そうなるかもしれないという予感もあった。

彼女がそばにいるときも、ひかえめにだが音をたてる権利をもらいうけた気がした。しばらく台所に座り、また歩いて、居間に戻った。そのとき彼女は、まるで足音など気にしていないように寝転がったままだった。

しかし、それだけですんだと思うのは間違いだった。彼女の返事は、辺りが暗くなってからもらうことになった。窓から見える駅のホームに、白い明かりが点《とも》ったころのことだ。

彼女は夕食にシチューを作ったのだが、台所のテーブル上に、二つの皿が並べられていた。ひとつは彼女の分だろう。もうひとつの皿の心当たりはあったが、そのような馬鹿なことはないと思い、考えを打ち消した。その皿がだれのものなのかを、たずねて確認することもためらわれた。

　二つの皿の温かいシチューが、テーブルの上で湯気を立てている。それが、居間の片隅からでも見えた。

　食事の用意が終わると、彼女は椅子に座り、テーブルについた。いつもならそれですぐに食べ始めるはずだったが、なかなか食事を始めない。

　彼女が食べ始めない理由にも、心当たりがあった。

　アキヒロはゆっくり立ち上がり、静かな足取りで食卓まで歩いた。彼女を驚かせないよう、大きな足音をたててはいけないと思った。

　彼女の向かい側の席に、シチューの入った皿があり、だれかが座ることを心待ちにしているように、少し引かれた椅子がある。アキヒロはそこに腰掛けた。

椅子を引く音で彼女は、向かい側に座ったのを知ったのだろう。置いていたスプーンを手にとった。彼女は、二人そろうのを無言で待っていたのだ。

　アキヒロは、毒でも入っているのではないかと心配しながら、スプーンでシチューをすくい、口に流しこんだ。温かい液体が舌の上に広がる。会話もない静かな食事のはじまりだった。皿に食器が当たる音さえ、部屋の空気を震わせるように大きく聞こえた。毒は、入っていないようだ。

目の前で、自分と同じように食事をしている彼女がいる。第三者が見れば、どう思うだろう。いっしょに食事をするほど仲の良い知人同士だと思うだろうか。

彼女の目を見る。シチューの皿を見ているわけでも、向かい側に座る人間を見ているわけでもない。テーブルに左肘をついたやや前かがみの姿勢のため、顔はうつむきがちである。視線は少し下方の空中に向けられている。シチューの味を幸福そうに味わうような、細められた目だった。皿から立ちのぼる湯気が、睫毛《まつげ》に当たっている。

もしかしたら自分のいる席は、かつて彼女の父親がいた席なのではないかと思う。会話はなかったが、シチューの温かさが、それまでずっとあった緊張をほぐしていくようだった。お互いのいた場所から、いっせいのせで踏み出して、少しだけ歩み寄ったような気持ちになった。

自分ではない他人がいるのだということを、なかったことにはできない。お互いがお互いをいないことにすることなどできなかったのだ。二人ともお互いを知っていると気づいた瞬間から、たとえ無視をしようと、すでにふれあうことは始まっていた。

第三章

ミチルが小学校へ入ったばかりのころ、仲の良かった子といっしょにいるときはどちらかの家に行って遊んだが、一人でいるときはよくふらっと駅まで散歩をした。

線路と道との間には緑色の金網があった。おそらく子供がうっかり線路内に入って遊ぶのを防ぐためだろう。それとも、切符を持たないものが改札を抜けずに構内へ侵入するのを防止するためだろうか。

駅のホームに近い場所で、その金網が一部分だけ裂けているのを発見した。車が当たって破れたのだろうか。目の高さから足元まで針金は引き千切られたようになり、緑色の被覆が破けていた。その部分は錆びて、赤茶色になっていた。

針金の先端で肌に傷をつけないようそこを通りぬけると、すぐ横にホームの端があった。大きな駅ではなかったので、駅のホームといっても、ただ巨大なコンクリートの板が線路の両側に一枚ずつ置かれているようなものだった。改札は一箇所で、それぞれのホームは跨線橋でつながっている。

頭より高い位置にホームがあり、金網を通り抜けても、ホームに立っている駅員や電車待ちの客から見られることはなかった。

　ホームの下の、薄暗くて狭い空間に座っているのが好きだった。そこには、ホームを支えているコンクリートの柱や鉄骨があり、ひやりとする細かい砂が敷き詰められていた。日光の当たる部分には雑草が茂っていた。

　駅にいる人間からも、道を歩く人間からも、容易には発見されない秘密の空間だった。レールの敷かれた場所は少し高い位置にあり、地面は傾斜していた。そこに座って、すぐ目の前を電車の車輪が轟音《ごうおん》をたてて通過したり、止まったりするのを見た。

　真夏の暑い昼、太陽がレールを熱して、ホームの下に隠れていたミチルは、景色がその熱のために揺らぐのを見た。ホームの下は日陰で割合に涼しかったが、目の前を急行電車が通りすぎると、熱風にも似た風が地響きといっしょにホーム下へ吹きこんだ。

　夕方になると、強かった日差しも柔らかくなった。太陽が傾いたため、赤色をにじませたひなたの部分は、ホーム下にいるミチルのそばまでにじりよった。遠くから踏切の警報機の鳴る音が聞こえると、なぜかいつも、急に寂しくなった。

　ある日、おそらく夏休みだったと思うが、そろそろ家に戻ろうと金網の裂け目を抜けようとしたとき、道を歩いていた父とばったり会った。日ごろから、線路には近づいたらいけないと父は言っていた。だから厳しく叱られた。

それが危ないことだとは、そして父がそんなに怒るとは、思っていなかった。父を怒らせてしまったということが悲しかった。自分を残して父がどこかへ行ってしまうのではないかという恐怖があった。

父は普通の会社員で、毎朝、ネクタイにスーツ姿で家を出た。ミチルも小学校に行くので、家を出るときは同時に玄関を出て、だれもいない家に鍵をかけた。

気づくと母のいない二人だけの暮しだった。離婚だったと聞いている。母の顔を覚えていないし、気にしたこともほとんどなかった。友達の家に行って、その子の母親がお菓子を持って現れても、自分の母は今ごろどうしているのだろうとか、自分にはなぜこの存在がいないのだろうとか、考えたことはなかった。

「よく白いシャツを着ていた」

父が、母の印象をそう語ったことがある。どういう経緯でそのような話題になったのかは忘れたが、なるほど白いシャツか、と思った。

確かそう言ったときの父は、少しなつかしそうな顔をしながら足の爪を切っていた。ミチルは横で、取りこんだ洗濯物をたたみながら、切った爪が畳に散らからないといいなあと考えていた。

十二月十八日。

めざまし時計が鳴り、暗闇の中で朝が訪れたことを知る。ひさしぶりにベッドの中で父のことを思い出した。おそらく、昨日の夕食のことがあったからだろう。カズエ以外のだれかといっしょに食事をするのはひさしぶりだった。

家に隠れている大石アキヒロという人間は、悪い人ではないように思う。勝手な推測だったが、自分に危害を加えるような考えを持っていないのではないだろうか。存在に気づいているということを知られてしまったのに、何もしてこない。こちらが無関心を装えば、相手も静かにしている。

食事を用意してみると、静かにやってきて食べる。

彼がいつも居間の隅にいることは、なんとなくわかった。どこかへ移動しようとは考えないらしい。おそらく朝日が好きなのだろう。この家の中で東側に窓があるのは、一階の居間と台所だけだ。

意識して居間の隅に注意を向けていると、確かに生き物の存在を感じる。言葉や物音を発していなくても、存在の波動が伝わるようだった。それは、体温の温かさかもしれない。それとも、ひそかに行なう呼吸のために、空気が乱れるのを感じるのかもしれない。

い。目の見えない暗闇の視界の中、確かにそのあたりの空間が存在のために歪んでいるような気がするのだ。

　昨日、ミチルがいる前で彼は立ちあがった。ただそれだけなのに、天変地異が起こったように感じた。彼が露骨に気配を覚らせようとすることは、はじめてだったからだ。

　思わず起きあがりかけたが、何か驚かせるようなことをしてはならないと思い、また横になった。

　敵意がないことを見せ合っているような、まるでお互いが噛みつく動物となり、それでも手なずけ合っているような、そんな気分だった。

　大変だ、それに返事をしなくてはならない、そう思った。だから試しに、シチューを作って、彼の分も皿に盛ってみた。はたして食べるのだろうかと心配だったが、彼は無言でテーブルにつき、食事は始まった。

　シチューを口に運びながら、妙に嬉しかった。おかしなことだと思う。相手は勝手に家の中に入っていた正体のよくわからない人間なのだ。それなのに、なぜか自分は信頼して、野良猫と仲良くなろうとするように、おそるおそる接しようとしている。もしも危険な人間だったとしても、そのときはそのとき、悲観して舌を噛み切ればいいのだと思った。

父が死んで、家での普段の食事は、いつも一人だった。しんと静まりかえった台所のテーブルに座り、暗闇を見つめながら食べた。寂しいとは思わなかった。それは自分にとってごく普通の、当たり前のことだ。

昨夜の夕食は、向かい側の席でいっしょにシチューを味わっている他人がいるという以外に、何も変わっていない。静かだったし、何かが見えるわけでもない。それでも心の深いところに、不思議な安らぎを感じた。

お互いの関係が微妙な均衡の上で成り立っているだけで、偶然、いっしょに食事をしているだけだということはわかっていた。

言葉をかけることはできなかった。声を発しただけで崩れて消えてしまうような、危ういつながりしかないように思えていた。

冬の朝の冷たい空気が、布団の隙間から入ってくる。ミチルは這い出して、震えながら着替えた。

顔を洗って居間へ行くと、あいかわらず彼はそこにいるのだろう。

彼のほうでもまた、自分が起きてきたのを見て何か思うのだろう。しかし、それを言葉にはしないし、自分には彼の表情を確認することもできない。

それでも家の中の空気は、少し変化した。

これまで、家の中は、暗闇の卵のように閉じて空中に浮かんでいるようだった。暖かく外の冷たさから守って、ミチルを安心の中の世界にそっと寝かせていた。

今、その卵は空中に浮かんでいるのをやめて、地についている気がした。暗闇の中で、宇宙のはてにいるような感じが薄れた。自分は地球の上にいるのだという気持ちが、他人の存在とともにあった。


数日が経過した。

同じ部屋にいても、彼は洞穴の中に隠れた狐のようだった。お互いの壁は薄れたかもしれないが、あいかわらず滅多に音をたてない。時々、身動きして服のこすれる音や、畳の軋む音を聞くだけである。

ミチルに気をつかっているようだ。あるいは、派手なことをするとすぐに警察を呼ばれてしまう、というような恐れが彼の中にあるのかもしれない。

かといって、以前と同じではなかった。毎回、食事を作るとき、彼の分も用意をするようになっていた。父と暮らしていたときのように、二人分の皿をつかう。生活の中に、彼の存在がはめこまれた。

食事の支度が終わり、テーブルについてミチルは彼を待つ。その時間が、一番、不安だった。いくら待っても彼は来ないのではないか。本来、家の中には自分一人しかいない。だから、そうやってじっとしていれば、いつまでも何も起こらない。

しかし、しんとした暗闇の中、やがて足音が近づいてきて、正面の椅子が音をたてる。彼が座った。そうわかったとき、安堵する。それは、まだこの野良猫はうちにいついていたんだなという気持ちに似ている。

ものを食べている間も、会話はない。ただ食器の音が、暗闇の中で、少し離れた自分の正面から聞こえるだけだ。

やがて、彼の立ちあがる気配を感じ、じっとして耳をすます。

彼の足音が、テーブルをまわって、自分の背後にくる。ステンレスの流しに、食器の置かれる音。それからまた、彼の足音は居間の隅へと遠ざかる。

毎回、そうだった。それ以上のことは起こらない。ある人から見れば、それは退屈な食事に映るかもしれない。しかし、自分にとってはそれだけで、結構、スリリングだ。

食器を洗うとき、自分の分だけでなく、彼のつかった皿が確かに存在する。幽霊などではない、自分ではない一人の人間が家にいるのだと、あらためて思う。

彼の分の食事を用意するという以外には何もない。それまでどおりの日常が続いた。居間で寝転がって、ほとんどの時間を過ごす。居間の片隅に注意を向けると、彼がいるという存在の波を感じる。

お互いに、そこにいるのだということを知っている。むやみに関わり合ったりしなかった。楽しい話で盛り上がることもなく、励まし合ったりすることもない。

しかし、もしもミチルが危険な目にあったとき、彼は無言で助けてくれるのではないかと思った。そういったやさしさが、静かな暗闇の中に含まれている。

ストーブのことや、土鍋のことがある。何か見守られているような心強さがあった。そのようなものをはたして、自分が感じて安心していていいのだろうか。きっと、考えてはいけないのだ。でなければ、自分が弱くなる気がした。

これまで一人でやってきたものが崩れてしまいそうだった。そのうちに、平気でいたことのひとつひとつが悲しいことのように思われてくるかもしれない。それは恐ろしいことだ。

これまで、外界のいろいろな関係は断っていた。カズエの他に、ほとんど知り合いはいない。ハルミと知り合っていたが、まだそれほど懇意ではない。大石アキヒロがこの家を訪れるまで、暗闇の中にほとんど自分は一人だった。

一人暮しを決意したときのことを思い出す。それは、父の葬式の日のことだ。去年の梅雨で、雨が降っていた。

葬式の準備など、さまざまなことは親戚が行なってくれた。そのころはすでに視覚障害が出ており、強い光以外、ほとんど何も見えない状態だったので、ありがたかった。線香の匂いが家の中に充満した。父の入った棺桶を手で触ると木の手触りがして、この中に入っているのかと思った。どれほどの人数が訪れて父に手を合わせているのかわからなかった。ミチルは父の近くに正座しており、その横に伯母がついていた。だれかが訪れるたびに、伯母が挨拶をして、ミチルは頭を下げた。

親戚たちの話し声に、自分の名前が登場するのを聞いた。だれが引き取るのか、ということについての話し合いが行なわれていたのだ。すでに成人していたが、目の見えない人間が一人で暮らせるなどと、だれも思っていなかった。

親戚とはあまり親しくなかった。おそらく、葬式の後で自分をたずねてくる人間はいないだろう。

それは、葬式の最中でのことだった。席をはずしていた伯母が戻ってくると、ミチルの服の袖を引っ張って、人のいないところへ連れていった。

「ミチルちゃん、さっき、家の前であなたのお母さんに会ったのだけど……」

心臓が止まるかと思った。

伯母が家の前に出てみると、少し離れた場所からこの家を見ている女の人に気づいたのだそうだ。雨の中、傘を差してその人は立っており、声をかけてみると母だったという。

だれかが連絡したのだろう。家の前まで来たが娘に会いづらく、伯母と少し話をしただけで帰っていった。自分の話はみんなにはしないでくれと、母は言ったそうだ。

伯母が、どうしたらいいかとうかがうように沈黙した。

「……わかりました」

そう言って、ミチルは再び父の棺桶のそばに座った。

母を追いかけていって会おうとは思わなかった。会いたいとも、会いたくないとも、どちらとも言えない気持ちだった。ただ、動揺した。

どこかで生活している母の存在は、自分にとってそれほど重要なものにしたくなかった。恋しいわけでも、恨んでいるわけでもない。顔も知らないのだから、どんな感情もないはずだった。

父と二人でいたときなら、別段、母のことなど考えなかった。しかし、父がいなくなったこんなときにその存在を思い出させるのは卑怯くさいと思った。そのせいで、つい想像してしまった。視力と父親を失った娘が生き別れていた母親に引き取られ、二十数年の穴を埋めるような孤独ではない生活を約束するという、夢のような話を想像してしまった。

ミチルは父の棺桶を右手のひらで触れ、そのことを詫びた。母は帰っていった。今後、一生、会うことはないだろう。二度と、人生が交差することはない。

「ミチルちゃん、こっちへ来て」

伯母がまた呼んだ。ミチルは立ちあがったものの、どちらへ行けばいいかわからず戸惑っていると、手を引かれた。おそらく手を引いてくれたのは伯母だろう。

居間に連れていかれた。人はみんな座敷のほうにいるらしく、その部屋にはミチルと伯母しかいないようだった。

窓の正面に立たされた。雨の降っている音が耳に入ってくる。窓は開いているらしく、湿った外の空気が顔に触れて、濡れた草の匂いがした。

なぜここへ連れてこられたのか、これから何が起こるのか、わからなかった。伯母に聞こうとしたとき、彼女は言った。

「ほら、あそこ。ここから見える正面の駅のホームに、あなたのお母さんが立ってるの」

その言葉は、ゆっくりと頭の中に浸透していった。

雨の落下する音だけが聞こえた。今が葬式の最中だということも忘れた。

母の顔は、もちろん見えなかった。目の前にあるのは、ただいつもと変わらない暗闇だった。それでも少し離れた場所にある駅のホームに、自分を産んだ母親がいるのだという。顔も知らない。永遠に知ることもできない。それなのに立っているという。

それまで、自分にとっての母というのは、他人と同じほど遠く、関係のない人だった。もしも実際に会うことがあれば、普通に挨拶ができると思っていた。それなのにいつのまにか、ミチルは叫んでいた。

「お母さん！　お母さん！」

自分にこれほどの声が出せるのかと驚いたほど、一生懸命に幾度もそう声を張り上げた。窓枠をつかんで、握り締めていた。

突然、叫び出した姪《めい》を落ちつかせようとしたのか、伯母が肩に手を置いて何か言った。何と言ったのか聞こえなかった。

何度も叫んでいるうちに、そのようなはずはないのだが、母の姿を見た気がした。暗闇がふいに消え去り、駅のホームに、白いシャツを着た女性が立っている。辺りは静かで、電車待ちをしている他の人間はいない。ミチルの声に気づくと、こちらを振りかえり、手を振った。やさしい顔をして、微笑んでいた。

ホームに電車の入ってくる音がした。視界は暗闇に戻り、何も見えなくなった。電車の巨大な車体が、ホームに立っていたという母と自分との間を遮ったはずである。

自分が見たのは夢のようなものだった。ただの想像だ。自分に何かが見えるはずはないし、そもそも葬式へ来るのに白いシャツなど着ない。本当に母が立っていたのかもさだかではない。たとえ、無人のホームに向かって叫んでいたとしても、自分に知ることはできないのだ。

しかし、もしも母が駅に立っていて、声に気づいて振り向いてくれていたなら……。そうミチルは考える。どんな姿をしているのかもわからないその女性は、自分の顔を見てくれただろうか。成長した娘だと、すぐにわかってくれただろうか。お母さんと呼びかける子供がここに一人、存在することを知っただろうか。

いつのまにかミチルは泣き出しており、伯母に慰められていた。自分は、母と会ったことになるのだろうか。ただ、別れだけは確実に、ミチルの中に存在した。嬉しいのか悲しいのかわからない。涙だけがなぜか出てきた。

その日の夜、親戚たちへ、自分は一人この家で暮らしていくことを告げた。父の部屋で、生前に父が打った点字の紙を指先で読みながら、そうすることを決めた。

無理だと言う人もいたが、全盲の人間が一人暮しをする例などたくさんあることを教えた。それにもともと、ほとんどの親戚はやっかいごとを引きうけるのをいやがっていたため、強い反対はなかった。

その日、父や母も含めて、親類とのつながりが永久に消えた。もともと一人でいることは好きだった。それがたまたま、本当に一人になっただけのことである。

だれかに出会って、喜んだり悲しんだり、傷ついたりして、また別れる。それの繰り返しは、とてもくたびれそうだ。それならいっそ、最初から一人がいい。

それ以降、家の外にある世界の、何もかもを遮るように生活した。未来も、他人も、必要はない。目を閉じてじっとして、暗闇の中に身をゆだねていれば、やがてゆるやかに寿命がきて命をつみとってくれる。もう葬式の日のように、大声を出す必要もない。そういった無駄なことをせずとも、人生というものは穏やかに終えることができるのだ。

いつかカズエも、自分のそばからはいなくなるにちがいない。そうすると、訪ねてくる者もおらず、話しかけてくる者もおらず、静かでつつましい日々がくるのだろう。

今は大石アキヒロという人間が例外的にいる。しかし、彼だっていつまでもここにいるわけではないのだ。

無言で居間の片隅にいる彼には、いつも身を硬く強張らせて静かにしていなければならないという緊張感がある。小動物が体を丸めて木の根元で震えているようだった。

ニュースによると、彼は人を線路につき落として殺し、今は逃亡中であるという。常に不安から逃れることはないのだろう。

なぜ、彼が人を殺そうと思ったのかはわからない。死んだ人間と彼との間に、何があったのか想像できない。しかし、殺さなければいられなくなるほど追い詰められた彼の人生を考えると悲しくなる。彼が本当に悪い人なら、今ごろ自分もひどいことをされているはずだ。彼はやむを得ず犯行に至ったのかもしれない。それとも、そう思うことは甘い考えなのだろうか。

ここ数日間、家の中で二人、無言でただ座っているだけだった。ストーブが部屋の中を暖め、その前で膝を抱えていた。電車が家の横を通りすぎる。その音だけが唯一、時間の流れを教えてくれる。

彼は警察に追われて一人きりでいる。自分は親しい人間もおらず、一人きりである。はてしない海を、二人の乗ったいかだが漂流しているように感じた。ゆっくりと、自分たちのいる家の中だけが、外の世界から切り離されて下降していくような、どこまでも落ちていくような気がした。


十二月二十二日。

カズエといっしょに外へ出かけた。

「『メランザーネ』でごはんを食べよう」

夕方ごろになると彼女は、例のイタリア料理の店へ行くことを主張した。彼女はよほどあの店が気に入ったらしい。異存はなかった。

街にクリスマスソングが流れている。カズエの腕に触れて歩きながら、飾りつけされた街を想像した。雑踏と車の通る音がひしめいており、自分がどちらを向いて歩いているのかさえわからなかった。

しっかりとカズエの腕の感触を確かめながら、彼女の履いているスニーカーの足音についていく。舵取りは彼女にまかせて、あとは振りきられないようについていくだけだ。もしも今、カズエが騙《だま》して香港などに向かっているとしても、到着して正しい地名を聞かされるまで、自分はイタリア料理の店に向かっていたものだと信じるだろう。

家に残った大石アキヒロは今ごろ何をしているだろうか。彼のことをカズエに話す気は、もうなかった。彼はおそらく、危害を加えない。できるだけそっとしておきたかった。

いつか警察に通報しなければならないとは思う。それが正しい市民のつとめだ。

しかし、そうするのをいつもためらった。彼に対して義理などないはずなのに、通報すると、裏切ったことになるような気がするのだ。もしも警察に知らせなくてはならないとしたら、その前に自分の口から自首をすすめるほうが、礼儀にかなっていると思う。

街中に、木の生えた一角がある。風が吹くと、葉のざわめきが耳に残った。そこにイタリア料理の店『メランザーネ』はある。

カズエに注意を受けながら、気をつけて入り口前のステップを上がった。店内からチーズの焼ける匂いが漂ってきて、急におなかがすいてきた。

「ハルミさん、また来たよ」

扉を開けて、カズエのそう言う声が聞こえた。

「いらっしゃい」

ハルミの声だ。すでに彼女たちはウェイトレスと常連客という関係であるらしい。あるいは、それ以上に親しくなっている。

少しだけ複雑な気持ちではある。最初に彼女と知り合ったのは自分だったのに、と思わないではない。しかし、そんなことはつまらないことだ。

ハルミはもう仕事の終わる時間らしく、いっしょにその店で食事をすることにした。自分がさっきまで働いていた店で食べるというのは、どんな気持ちなのだろう。

椅子に座って、テーブルを触った。縁がゆるくカーブしているので、丸いテーブルなのだと気づく。正面にハルミが座り、右手にカズエがいるらしい。その声のする方向でわかる。二人は、この店のメニューの中で最もおいしいのは何かという話をしていた。

店内は込み合っていて、席はうまっているのだろう。周囲から他の客の話し声が聞こえる。変に大きな声を出してはいけないなと思う。

「ミチルさんは、最近、何も変わったことない？」

ハルミに言われて、ふと大石アキヒロのことを考える。

「とくに何も……」

「困ったことがあったら電話してね」

彼女は自分の住んでいるアパートのことを説明した。そのアパートは、ミチルの家から二百メートルほどしか離れていない場所にあるらしい。もしも目が見えていれば、二階の窓から彼女の部屋の窓が見えていたかもしれない。

ハルミは、のんびりとした調子で、店内に飾られている置物は全部、自分が集めたものなのだと言った。それを聞くまで、店内に置物があることにも気づかなかった。

「窓とか、カウンターとか、いろんなところに陶器の動物が飾られているの」

カズエが説明してくれた。ハルミの部屋には、たくさんの動物の置物が飾られているのだろうか。想像しながら、料理を食べる。

ハルミはゆっくりとした調子で話をする。まるで声が店内に流れる音楽の一部になったように感じる。その声を聞きながら料理を食べていると、いつもよりおいしく感じるような、そういった話し方だった。

ハルミは、現在、つきあっている男性がいるという。いつのまにかカズエと彼女の会話は、そんな話題になっていた。

「来年あたりに、結婚できたらいいなあと思っているの」

未来に対して、彼女は幸福なビジョンを持っていた。恋人と結婚し、ペットを飼って、子供を育てる。子供にランドセルを買ってあげて、運動会には弁当を作って学校へ行く。

ハルミの顔も、その恋人の姿も、ミチルは知らない。しかし、彼女たちがこれから作るであろう家庭が思い浮かんだ。芝生の庭を持った一戸建ての家で暮らす、外国のホームドラマのような素敵な家庭だ。ハルミの口からため息のようにもれてくる言葉のひとつひとつの向こう側に、光があふれていた。

「恋人はどんな人なんですかっ」

教えなさい、という詰問《きつもん》口調でカズエがたずねた。

「UFOキャッチャーの上手な人なの」

ハルミは答えた。彼女はとても綺麗だ。そうカズミがいつだったか説明してくれた。おそらく旦那と二人で、とてもいい家庭を作れるのではないかと思った。

『メランザーネ』を出たところでハルミとは別れることになった。これから行くところがあるのだそうだ。

別れ際、カズエがハルミに、クリスマスの予定をおそるおそる尋ねた。

「たぶん暇ということはないと思うのですが、それでももしかしてお時間があるのなら、ミチルの家へ遊びにきませんか？」

明後日のクリスマス、ミチルの家にケーキを持って遊びに来ることをカズエは約束していた。

ハルミは少し考えるように沈黙して、時間があったら、と明るく返事をした。

ハルミと別れ、駅前のスーパーで買い物をする。毎週、家へ帰る直前に一週間分の食料を買い、大きな袋を抱えて電車に乗ることになっている。

カズエの腕に触れて、バスに乗った。

軟らかいシートに座り、駅前まで揺られる。バスのエンジンが震えるのを、背中から感じる。

見えないため、バスが左右に曲がるのを、唐突に感じる。そのたび、隣に座ったカズエにもたれた。

信号待ちのためか、バスが停車した。その間、さきほど聞いたハルミの話を思い出していた。

ハルミの思い描いている、おそらく実現するだろう未来は、彼女と別れてもなおミチルの胸の中深くに残っていた。彼女の口にしていた、光に満ちた言葉のひとつひとつが、幾度も繰り返し蘇った。

考えてはいけないと思う。それでも、ハルミの語った幸福な未来のビジョンはまぶしく輝き、ミチルの胸を焼いた。自分にはそういった未来は訪れないだろうなと考える。そうすると、悲しくなった。

ハルミの話を聞いても動じないほど、自分は諦めていなければならなかったのだ。それができていないなら、耳を閉ざしていなければならなかった。

自分は一生、暗闇の中で一人、生き続ける。それで問題はない。自分は何も見ない。それ以上に、心をかき乱すことなく穏やかに生きられる方法などあるだろうか。

自分のやるべきことは、外に出ないで、いつも家にいることだ。そうしているかぎり、何かにあこがれたりすることはない。あこがれないから、得ようとして手をのばしても届かないとき、胸が苦しい気持ちになることもない。

バスを降りて、スーパーに入る。

一週間分の食料は、大きな袋で二つになった。カズエがひとつを持ち、ミチルがもうひとつを片手に下げる。一方の手は絶えずカズエの腕に触れていなければならない。

　袋を足元に置いて、カズエと並んで電車に揺られた。耳に心地よい車輪の音を聞きながら、周囲を見る。どこにも赤い点は見えず、辺りは黒一色である。太陽は出ていないか、それとも電車の壁や屋根に遮られているのだろう。

「今、何時くらい？」

「午後六時」

　カズエが教えてくれた。

「じゃあ、もう辺りは暗いはずね」

「冬だから」

　カズエが鞄から何か取り出す音を聞いた。

「この前の写真、欲しいって言ってたよね」

　手に写真らしいものを何枚か握らされた。

「ありがとう」

「その写真を見てくれる人、ミチルもはやく探しな」

　カズエの言葉を聞き流しながら、写真をポケットに入れた。

　やがて家の前にある駅に到着し、電車を下りる。踏切りを渡り、家に帰りつく。

玄関の鍵を開けた。大石アキヒロは居間にいるのだろうか。もしもカズエが家にあがるつもりなら、彼は見つからないようどこかへ隠れていなくてはいけない。

「お茶飲んでいく?」

家にあがって、自分の持っていたスーパーの袋を台所へ置きに行く。

「待って」

背後からカズエが呼びとめた。持っていた袋を床に置く音がする。少し話をしよう、そう言って、どうやら彼女は玄関に座ったらしかった。

「杖、傘立てにさしているのね」

彼女は白杖を手にとったらしい。ミチルは玄関に戻り、立って話を聞くべきかどうか迷ったが、彼女の隣へ座ることにした。足は土間の靴に差しこんで、床との段差に腰掛ける。

「これから、一人で外を歩く練習をしようか」

「必要ないわ……」

返事をしながら、困惑した。もっと外に出て活動したほうがいいと、彼女が主張していることは知っている。それでも、一人で外を歩くことに抵抗があった。

「一人で外を歩けるようにならないと、ミチルだって困るよ」

彼女の声は抑制されていた。だから、真剣さが伝わってきた。

「いつまでも私がついていられるわけじゃないんだからね。もしも私が死んだら、今日みたいな食料の買い出しはどうするの？　どこかへ遊びに行きたくなったら、どうやって行くの？」

「食料は運んでもらえるし、外へ遊びに行くこともないもの」

音がする。どうやら白杖の先端が土間に当たって鳴る音らしい。カズエが白杖をもてあそんでいるのだろう。

「それに、一人で外を歩くのは危ないわ」

「だから、練習するのよ」

以前、白杖の練習をかねて、一人で外へ出たことがあった。車に激しくクラクションを鳴らされて、それ以来、外へ出ようとすると、どうしても玄関で足がすくむようになった。体が鉛の塊でも飲みこんだように重くなり、立ちあがれないのだ。

「だめよ……、私が外に出ると、私よりもみんなが迷惑するの」

クラクションをいつまでも鳴らされ、車の前で硬直し、動けなくなったときの自分を思い出す。恐ろしくて、どちらへ避ければいいのかもわからなかった。自分が道の端にいるのか、真ん中にいるのか、どちらを向いているのかさえわからなかった。ミチルが視覚障害者だということに、運転手は気づいていなかったのだろう。それで、罵声をあびせかけられた。

「……でも、ミチル、このまま一生、ずっと家の中にいるつもり？」

カズエが問いかける。

「外へ出ても、何もない」

「ある」

「何が？」

「楽しいこと。だれかと知り合ったり、話をしたり。人と話をするのっておもしろいでしょう。ハルミさんみたいな人と知り合って、いっしょに遊んで……」

首を横に振って、彼女に返事をする。

「私はカズエみたいに器用じゃないの」

彼女は無言で立ちあがった。

さよなら、ミチルのことはもう知らない、そう言い残してカズエは帰っていった。

彼女の置いていったスーパーの袋を手探りで見つけ、台所へ運んだ。買ったものを整理しなければいけない。袋からひとつずつ、取り出さなければいけない。しかし手が震えて、作業が難しかった。

パックの牛乳を取り出そうとして、袋がテーブルから落ちた。中に入っていたものが、辺りに散らばる音。それをかき集めなければいけないと考えたとき、耐えられなくなった。

カズエとは、もう一生、会わないのかもしれない。いつのまにか二階の自室へ走り、着替えもせずにベッドの中に入っていた。

□□□

居間の壁には時計がかけられていたが、電池がないらしく針は静止している。目の見えない彼女にとって、その時計は意味をなさないのだろう。触って針の位置を確認しようにも、透明なプラスチックのカバーが触れるのを遮るだろう。おそらく、捨てられずに飾ってあるだけなのだ。

腕時計を見ると、夜の十二時をまわっている。アキヒロは台所の椅子に座っていた。冷蔵庫が振動するのをやめる。急に辺りは静かになり、つけている蛍光灯のほんの小さな、蛍光管の震えるような音がかすかに聞こえてくる。

目の前に、スーパーの袋が二つあった。ミチルが昼間に外出し、買ってきたものらしい。袋のうちひとつはテーブルに載っていて、中身がいっぱいに入ったまま丸く膨らんでいる。おそらくスーパーを出た直後の状態だ。もうひとつの袋は、テーブルの上から落ちて、中身を散乱させている。拾う者もいないまま放置されているらしい。シチューのルウや小さな箱の菓子が足元に転がっていた。

夜の空気は冷えている。吐いた息が白かった。

ものが散乱した中で椅子に座り、印刷会社に勤めていたときのことを思い出した。すでに遠い昔のことのようだった。警察から追われる身になって、会社へ出ることもできなくなり、何年間もたったように思う。しかし実際はまだ二週間程度しか経過していない。

会社は自分などいなくても機能する。もしかすると、いないほうが円滑かもしれないとすら思う。チームワークというものを考えたとき、自分がその中でうまく機能していたとは思えなかった。ただ、足並みを乱していただけかもしれない。自分よりもよっぽど、松永トシオのほうがうまくみんなと力を合わせることができていただろう。

自分は、同僚のだれとも信頼をわかちあってはいなかった。

朝、出勤したとき、義務的に挨拶をした。アキヒロが頭を下げると、相手も合わせて頭を下げた。その後で、他の同僚が出社して挨拶をする。みんな、アキヒロのときとは違った人間味のある笑みを浮かべて返事をしていた。昨夜はどんなことをしていたか、などの会話が始められる。

それを横目で見ながら、自分はさっさとロッカー室へ向かった。そのような関係はわずらわしいとさえ思っていた。

黙って一人で仕事をするのが昔から好きで、自分の目の前に置かれた仕事をいつも坦々とこなしていた。

自分が仕事をしている横で、同僚たちが会話をして手が止まっているという場面に何度か遭遇した。無駄話をしない自分は、そんな彼らよりも多くの仕事をしているのだと思っていた。

同僚と関わることを拒んでいた。会社の中でいっしょに仕事をしているというのに、信頼もはげましもなく、否定するだけだ。

結果はどうだろう。自分は孤立し、打ち解け合うものもできなかった。もしも自分のことをいくらか知っており、わずかにでも友情を抱いた同僚がいたら、松永トシオの攻撃の対象となった自分をその人は守ってくれたかもしれない。いや、そもそも同僚たちと笑って挨拶を交わせるほどであれば、攻撃はされなかったのだろう。

他人との関わりあいをすべて否定して生きていられると考えていた自分は、尊大だったのだろうか。そのことを、ここ数日よく考えさせられた。

まるで植物のように生きる彼女を見ながら、そして少しずつ自分と彼女の間にあった距離感がせばまるのに気づきながら、これまでの自分の態度を振り返らされる。

ミチルが作って用意してくれたシチューは温かかった。他人に対して否定の感情しか抱くことのなかった心を、そっとやわらかく溶かした。かつて、同僚やクラスメイト、様々な人間が自分の周囲にいた。今、彼らは目の前におらず、ミチルという名前の人間だけがいる。そういった自分の近くにいる人間の存在を無視して生きていくことなど、できやしなかったのだろうか。彼女のシチューは、アキヒロに、そのことばかり考えさせた。

彼女はあの夜以来、アキヒロの分も食事を作り、二人で食卓につくのを待つようになった。はたしてアキヒロが座ってくれるかどうか、少し不安そうにしているときもある。それを見るたびに、自分はもう他人を遠ざけて生きていかなくてもいいのだと言われた気がするのだ。

これから、生きかたを変えることはできるだろうか。他人と接することから逃げずに暮らす、そんな人間になれるだろうか。警察に追われてこの家の中に隠れ潜む自分に、もしもそれが可能なら、どんなにいいだろう。

水を飲もうと思い、椅子から立ちあがる。床に落ちていた林檎を、足で蹴飛ばしてしまった。昼間にミチルが買ってきたもので、床に散乱しているもののひとつだった。

今日の夕方のことである。

アキヒロが洗面所の鏡で髭の伸び具合を見ていると、玄関の鍵穴に鍵のささる音がした。昼間に友人らしい人物が迎えにきてミチルは外出していたので、どうやら彼女が帰ってきたらしいとわかった。

玄関の戸は、格子状のサッシにガラスのはまった、横にスライドさせて開けるタイプのものだ。だから、玄関の外に二つの人影が並んでいるのを、ガラス越しに知ることができた。おそらくミチルと、その友人だろう。そう考えて、咄嗟に近くの襖を開け、その部屋に入った。襖を閉めるのと玄関が開くのは、ほとんど同時だった。

ミチルは友人に自分のことを話しただろうか。もしも話していれば見られてもかまわないだろうが、その可能性は少ないと思っていた。

玄関で、彼女たちの、静かな喧嘩が始まった。声は襖を越えてアキヒロのもとにも聞こえてきた。

やがてミチルの友人は帰り、時間をおいてアキヒロは居間へ戻った。ミチルの姿はどこにもなかったが、少し前に、階段を上がっていく足音が聞こえたので、二階にいるのだろう。

台所にスーパーの袋が放り出されたままだった。テーブルから袋が落下して、中に入っていたものが台所の冷たい床に散乱していた。それらが放置されているのを見ると、心の奥が寂しくなっていくように感じた。

結局、深夜零時を過ぎた今まで、ミチルが一階に下りてくることはなかった。外には何もないと、ミチルは喧嘩の最中、友人に言った。アキヒロはテーブルの上に置いた。

蹴飛ばして転がった林檎を拾い上げて、アキヒロはテーブルの上に置いた。そのことが、今でも耳に残っている。彼女は一生を家の中で過ごすのだろうか。もともと彼女とは他人で、今もそれは変わらないに違いない。それでも、彼女の決断を残念に思う。

彼女は、一人で外へ行くことができないようだ。これまで、視覚障害者も杖をつかって簡単に外を歩けるのだと、わけもなく思っていた。しかし、どうやら違うらしい。家の中ならともかく、外で何も見えないという状況は、圧倒的な不安を伴うものなのだろう。

それに、見えていてさえなお、外で傷つくこともある。いっそのこと家から一歩も出ずに人生を終えたいと思うことがある。

そう考えたとき、自然と松永トシオの顔を思い出した。

駅で電車を待っている時間がいっしょになったときや、会社の喫煙所にいるところへ通りかかったとき、無関心を装って意識を別の方向へ向けても、握り締めた手の中に汗がにじんだ。

印刷会社に勤めた一年半のうちに、彼の人格はわかっていた。人を傷つけ、その様子を同僚たちに話して聞かせ、喜ぶのだ。英雄的な行動であるかのように、自分が他人に対して行なったことを話す。世の中には、そういう人間もいるのだと、気づかされる。

彼とは死ぬ直前、目が合った。最後に彼が瞳へ焼きつけたのは自分の顔だった。そして急行電車が轟音とともにつき抜け、鉄の巨大な壁ともいえるその先端が、彼の体をたやすく潰して目の前から持ち去った。

結局、松永トシオとはまともに会話をしなかった。就職直後に飲み会ではじめて見て以来、近寄るまいとしながら会社通いを続け、やがて自分は彼の攻撃目標となった。

しかし、その間にどんな人間的な会話もなかったのだ。彼に対して悪いところを指摘し、もうそんなことはやめろと訴えることもなく、喧嘩になって殴り合うこともなかった。

ホームから彼が落下したあの朝のことは、今でも忘れられない。自分の下した決断と、その結果にある現在の状況を、いつも考えさせられる。

あの朝、改札の窓を開けた駅員に定期を見せて、アキヒロはホームに入った。冷たい朝で、それほど大きくない駅のホームには風が吹いていた。冬の冷たさのせいか遠くまで続く線路やその片側にある緑色の金網まで色あせて見えた。

ホームの端に松永は立っている。その背中を目指して、歩いた。

彼は茶色のコートを着ていた。背中を見せている彼の向こう側で、吐いた息が白くなって空気へ溶けていくのが見えた。

急行電車の通りすぎる時間がせまっていた。冷たい朝の空気を震わせて、遠くで踏切りの警報機の鳴る音が聞こえてくる。

ポケットから手を出し、彼の背中に近づいた。

少しずつ、にじり寄るように歩きながら、自分の手が震えていることに気づいた。目の前で松永トシオが無防備に背中を見せ、自分がここにいるということにも気づいていない。それがたまらなく恐ろしかった。いっそのこと振りかえり、こうしている自分を発見し、怒ってほしいとさえ思った。そのまま口論になり、会社を辞めてもよかった。それなのに彼は、まったく何も気づかないで、いつもどおり電車を待っている。

やがて、踏切りの音に混じって何かが聞こえてきた。目の前に立っている彼が口ずさむ鼻歌だった。アキヒロが高校生だったころに流行っていた曲で、兄がよく、同じように口ずさんでいた。

手の震えが止まった。

それは、これから彼を殺さなくてはならないという責務から解かれたと、自分の手が知ったからだろう。

力なく両手を下げて、彼の背中から遠ざかった。彼を殺すのは制裁だと思ったり、自己防衛だと思ったりしたことが、鼻歌を聞いた瞬間、間違いだったと知った。自分が行なおうとしているのは、ただの犯罪だった。

結局、自分は、松永トシオをホームからつき落とさなかった。それなのに今、殺人犯として追われている。

□□□□

十二月二十三日。

目が覚めても、すぐには階段を下りて一階へ行く気力が出てこなかった。しばらくベッドの中で、カズエのことを考えていた。

彼女とはじめて知り合ったのは、小学四年のときだった。二学期の始まる始業式の日、担任の先生が、はじめて見る顔の女の子を連れて教室に入ってきたのだ。新しくやってきた転校生、それがカズエだった。

最初のうち、カズエはなかなかクラスに溶けこめないでいた。社会科の授業で、班ごとにわかれて歴史の年表を大きな紙に書き写さなくてはならないときがあったのだが、カズエはみんなの作業を手持ち無沙汰に見ているだけだった。

巨大な紙に鉛筆で下書きして、それからマジックで清書をする。その作業を見ながら彼女は、幾度か声をかけようとして、やっぱり口籠もる。それの繰り返しだった。

ミチルは同じ班だったので、彼女のそんな様子を見ていた。当時のカズエは、今からは考えられないような引っ込み思案だった。

最初に話しかけたのはミチルのほうだった。

「これで文字をなぞってくれる？」

そう言ってカズエにマジックを差し出した。

「うん、いいよ」

彼女はうれしそうに受け取った。

それから急速に親しくなり、いっしょに遊んだ。自転車に乗って二人で筆箱を買いに行った。お金を半分ずつ出し合って少女漫画を買った。

「ミチルという名前は、心にいろいろなものが充ちるように、という願いがあるんだって。そうお父さんが言ってた」

そんなことを彼女に話したのをよく覚えている。自転車に乗ってどこかへ行く途中、踏切り待ちのために並んで止まっていたときだった。目の前に黄色と黒色の縞《しま》のついた遮断機が下りており、赤いランプが甲高《かんだか》い音と同時に明滅を繰り返していた。

カズエの唇が動き、何かを言った。しかし、ちょうど電車の通りすぎる音で聞こえなかった。

「ミチルのお父さんらしいって言ったの」

電車の去った後で聞き返すと、彼女は言った。遮断機が上がって、高く晴れた青空を指した。

遅かれ早かれ、カズエとも別れるのだということは知っていた。みんな自分の前から去っていってしまうということは、父の葬式の日に学んでいた。

これまで、カズエだけが唯一の外界とのつながりだった。それがついに消え、これからは自分一人だけの人生が始まるのだろう。

カズエとの別れが悲しかった。しかしやがて悲しかったことも忘れ、まるで苔が生長するような、静かな生活がくるのだろう。

家の中に一人でいるのはきっと安らかにちがいない。悩むことも、だれかとの別れに悲しむことはもうないし、クラクションを鳴らされることもない。何もない見知った暗闇は安全だ。一人でいれば、孤独さえもない。

自分に何度もそう言い聞かせる。

それ以上の幸福な生活を夢見てはいけないのだ。どんなに叫んでも、自分を振りかえってくれる人はいない。自分は一人で生きなくてはいけないのだ。

そもそも何のためにみんなは生きているのだろう。仕事、家族、趣味、何か目標があって生活しているのだろうか。なんのために人生はあるというのだ。幸福な家庭をつくるという、ただそれだけのために人生を捧げているのだろうか。

ハルミのことを思い出す。彼女のことを、負の感情が支配する場所に引き合いとして出す自分は最低だと思った。

自分には、仕事も家族も、どんな目標もありはしない。求めてもいけないのだ。だからせめて、もう傷つかないようにじっとしていよう。目が見えないことを心底、嬉しく思う。何も見なければ、羨望《せんぼう》や嫉妬《しっと》が狂おしく胸を焼いて、醜い人間になることもないだろう。体を丸めて家の中で何十年も、保険金だけで静かに過ごしていたら、そのうちにゆっくりと人生は終わるにちがいない。

布団から出て着替える。昨日、外出したときの服装で眠っていた。ベッド脇に置いているめざまし時計のボタンを押す。時計は音声で、すでに昼近い時間であることを教えてくれた。

カズエを、自分の人生から切り離す。そう決意すると、心の中が冷たくなっていく。かまわない。たとえ心が不毛の岩肌のようになろうと、だれにも迷惑がかかるわけではない。喜びも苦しみも感じない、揺らぎもしない安定した人間へと変わるだけなのだ。恐くて唇が震えた。でも、耐えなくてはならない。自分の人生は、あとどれくらい続くのだろう。働いたり、結婚したり、子供を産んだり、そういった人生など、なくてかまわない。自分は目が見えなくても、一人で生きていける。

ミチルは階段を下りる。一階には、大石アキヒロがおそらくまだいるだろう。彼に自首をすすめなければならない。

階段のすべり止めを一歩ずつ足の裏に感じながら、スーパーで買ったものが台所に放り出したままであることを思い出す。肉や冷凍食品など、冷蔵庫に入れていなければならないものは買っていなかった。整理していなくても問題はなかったが、床に散乱させたままなのは気持ちが悪い。

これから台所の床を手探りして、散らかっているものをひとつずつ拾い上げなくてはならない。その面倒な作業のことを考えると、いらついた。自分は腑甲斐《ふがい》ない。簡単な作業をするのにも、床に膝をついて、時間をかけてやらなくてはいけない。悔しくて、わめきちらしたかった。胸の中が、怒りに似たものであふれる。

台所に行くと、まずはテーブル上に置いていたスーパーの袋を探した。それらしい感触のものを求めて、両手を暗闇の中で動かす。

なかなか見つからなくて、苛立《いらだ》った。手は空気をつかむだけである。

そのうちに、ようやく様子がおかしいと気づいた。テーブルのどこを探しても、スーパーの袋はない。膝を折り曲げて、床に手を這わせる。落ちたはずの袋も、床に散乱した商品も、なくなっている。

何が起こったのか、咄嗟に理解できなかった。苛立ちが、吹き飛んでしまった。

ある考えが浮かび、もしかしてと思った。冷蔵庫や、食料を入れておく棚の中を手探りして確認する。

考えは当たっていた。牛乳や食パン、マッシュルームの缶詰、全部、あるべき場所に収まっている。だれかの手によって台所の床は片づけられ、買ってきたものは、夜中のうちに整理されていたらしい。

そのだれかに心当たりはあった。

彼が片づけたに決まっている。

これまでずっと、かろうじて自分を支えていた細いものが、軽い音をたてて次々と折れていく気がした。目は見えない。でも、涙だけは流れるようにできていた。

さきほどまで、苛立って、体内を黒いものでいっぱいにしていた。しかし、彼がひそかに台所を片づけてくれたと知って、しわしわになっていた気持ちが、アイロン掛けされたように広がり伸びていく。固く尖って自分さえ傷つけそうになっていた心が、些細なやさしさでやわらかくなっていく。

いとおしさが胸に充ちた。彼に警察へ行くようすすめるか、通報するかしなければいけない。そう思っていたのに、今や、心は彼にいてほしがっている。

いつからそう思っていたのかわからない。ついさきほどなのか、それともシチューを最初に作ってあげたときなのか、判然としない。でも、数日前からずっと、温かい気持ちで沈黙を彼と共有していたのは確かだった。

台所の床に立ちすくんだまま覚った。一人で生きていけるというのは、嘘だった。

涙を拭いて、居間に行った。彼は今日も、いつもの片隅に座っているのだろう。何も見えなかったが、確信に近い気持ちがあった。

居間と台所を隔てる引き戸は、開きっぱなしだった。彼のいるところから、さきほどの自分の行動はすべて見えていたらしい。泣いているところを見られて、少し恥ずかしい気がした。しかし、いまさらという気もする。おそらく彼には、床に落としてしまったドーナツを、もったいないからといってやっぱり食べてしまった場面さえ見られていたはずだからだ。

台所を片づけてくれたことについて、感謝の言葉を言わなければいけない。しかし、ミチルはそれを後回しにした。

たった今、決心したことを実行しなくてはならない。もしも機会を逃すと、もう二度と、同じ気持ちになることがないかもしれない。

今日が何曜日かを考えて、カズエのバイトが休みであることを確認する。家にいる可能性は高かった。ミチルは、居間の隅に置いている電話台に向かった。ちょうど、大石アキヒロがいつもいる場所とは、反対の隅である。

受話器を持って、カズエの家の番号を押した。人生の中で一番多く押した電話番号だった、間違えるはずがない。

彼女に謝りたい。

呼び出し音を聞きながら、カズエや大石アキヒロがいなくなった後の、だれも親しい者がいない家の中を想像する。

　埃だらけの家の中にひっそりと体を丸める、年老いた自分の姿があった。

　それは、なんて寂しい姿なのだろう。魂が震えだすような、もの悲しい光景だった。一人きりで生きれば孤独さえなくなると、そう考えたのは間違いだった。ただ、自分の孤独にさえ気づかなくなるだけだった。

　呼び出し音が続く。もしもカズエが家にいないときはどうしよう。出かけている可能性は大きい。

「私はあなたみたいに器用じゃないから」

　昨日、カズエにそう言った。なんて無神経なことを言ってしまったのだろう。彼女は昔、人見知りの激しい子供だったのだ。その性格を直すのは、どれほど困難だっただろう。

　自分は人生の中で、何もかも諦めようとした。諦めなければいけないと言い聞かせていた。それでなければ、胸が苦しくなる。でも、彼女は自分の力で生きかたを変えた。両親との別れは仕方のないことだったかもしれない。でも、決して、友人を自分から切り捨てるようなことをしてはいけなかった。

　呼び出し音が消え、相手が出た。

「はい……」

若い女性の声。カズエの声だ。

「カズエ……？」

受話器の向こう側で、相手が沈黙した。

「昨日はごめん。話がしたいの……」

そこまで言ったとき、通話の途切れる音がした。彼女が途中で電話を切ったらしい。それは、もうあなたとは話をしたくないという意思表示だろう。不安になり、頭が熱を帯びていく。

再度、電話をかけた。呼び出し音が消えると、すぐに叫んだ。

「話を聞いて！」

直後にまた通話は途切れる。何も聞こえない受話器を片手に立ちすくんだ。

どうやって彼女に謝ればいいのかわからなかった。もうこのまま彼女は振りかえってくれず、自分のことを忘れてしまうのではないかと恐かった。

ミチルは立ちあがり、父のコートを羽織った。昨日、帰ってきたときに、コートは台所の椅子へかけていた。コートのポケットに入れていた手袋を、両手にはめる。

玄関へ向かった。直接、彼女の家へ行こうと考えていた。話をするためには、それしか方法はない。子供のころからよく行った場所だ。道順は大まかに覚えている。靴を履き、傘立てに差していた白杖を手探りで探す。家まで行けば、きっとカズエと話ができる。そう信じた。彼女はきっと、追い返したりはしない。追い返されそうになっても、話ができるようになるまで、家の前を動かない。

外へ出ようと、玄関の戸を開ける。冬の冷たい風がなだれこみ、頬を弾く。彼女の家までこれから歩くのだ。

しかし、一歩も足を踏み出すことができなかった。靴の裏側が、土間に固定されたように、持ちあがらない。

静かに玄関を閉め、土間と廊下との段差に座りこむ。自分の足が動かないのを知って、深い穴へつき落とされたようだった。立ちあがらなくてはカズエの家に行けない。そう思っているが、心のどこかが、外は恐いと訴える。

いつか鳴らされた車のクラクションが耳に蘇る。全身の血が引いた。

カズエの家まで行こうとするなんて馬鹿な考えだった。自分は、それよりもっと近くにあるコンビニエンスストアまでも一人で歩いたことはないのだ。彼女の家まで行けるはずがない。

うつむいて鼻をすする。玄関の壁にその音がわずかに反響した。

暗闇の中で自分の無力さを呪った。カズエに会って話をしたいのに、恐怖が足を動かなくさせる。さきほど戸を開けたとき、外から吹きこんできて頰に当たった冷たい風が、自分をあざ笑っているように思えた。自信のかけらもなかった中学生のときを思い出す。当時と同じように、背中を丸め、両腕を自分の体に巻きつけ、ただ震えに耐えているしかなかった。

いつのまに彼がそこにいたのか、足音に気づかなかった。

玄関に座りこんでいると、すぐそばの床が軋んだ。暗闇がふいに形を持って動き出したようだった。彼がそばにいる。そのことに気づいても、顔を上げることはできなかった。

突然、手首をつかまれた。

これまでは、家の中でぶつかったことさえなかった。慎重にお互いを避けていたはずだった。

驚いているひまもなく立ちあがらされ、自分では何もしないのに玄関の戸が開いた。外の空気が入ってくる。

彼がそばで靴を履いているらしい。その音を聞きながら、考えを汲み取った。彼は、カズエとの喧嘩や、一人で外へ出ることのできない自分の中の恐れまで、すべて知っているのだろうか。

　おそらく彼は、いっしょに外へ出るつもりなのだ。彼にとってそれがどのような意味を持つのかわかっていた。警察に見つかって、即座に逮捕されるかもしれない。それでも自分につきあってくれるというのだろうか。

　靴を履き終えた彼は先に家から出たらしい。玄関で立ったまま決断できずにいると、彼が手を握った。その温かさへ飛び乗るように、ミチルは玄関から出た。

□□□□

　風はないが、冷たい日だった。空は一面に薄暗い雲がかかっており、太陽は見えない。路地の両側に並んでいる家々は窓を閉めきってどこも静かである。まるで人間のいない町の中を歩いているような寂しさがあった。

　ミチルの父親が着ていたのであろうセーターの生地をつき抜けて、冷えた空気がアキヒロの体を冷やす。勝手に借りた服だった。右腕の長袖に、彼女の手がそっと触れていた。

　玄関で手をとって立たせたとき、彼女は驚いた顔をしていた。しかし困惑の色はなく、すぐにこちらの意図を理解したようで、すべて受け入れるような顔つきになった。

彼女が友人に会うために外へ出ようとしていることは、彼女が受話器に叫んだ言葉や、昨日の喧嘩から想像できた。そして、玄関で外へ出る恐怖にくじけそうになっていたことも、わかっていた。

彼女は友人に会わなければならない。アキヒロはそう考える。たとえ、差し出した手を彼女が恐がり、振り払うようなことになったとしても、彼女はそうするべきなのだということを伝えたかった。

腕に、手袋をした彼女の手が触れている。わずかに、その重さを感じる。これまでお互いの間にあった細い糸のようなつながりが、そのまま重さへと変わったように思えた。

ミチルは左手でアキヒロの腕に触れてはいたが、右手に持った杖で足元を確認しながら歩いていた。

どの方向へ行けばいいのかわからない。彼女の歩こうとするほうへ、一瞬だけ遅れて足を運ぶ。

やがて彼女は、こわごわとアキヒロの腕から手を離そうとした。腕にあった彼女の手の重みが消えそうになり、しかしまた腕にしがみつく。

彼女は一人で歩こうとしているのだろう。アキヒロのことを信頼しきったように歩いていたが、いつまでも腕に触れ、他人に頼って歩いていてはいけないと思っているにちがいない。

ミチルは不安そうに、それでも確かな決意を持った表情でいる。日光を知らないような白い肌の、鼻や頬が寒さで赤味を帯びていた。繊細な心の震えが伝わってくるようだった。

はげますための言葉をかけるのもためらった。アキヒロは彼女に対して、どんな言葉もかけたことがない。無言でその様子を見守る。

腕から離れようとしてまたしがみつくを繰り返した後、彼女はとうとう完全にアキヒロの腕を離れて、一人で歩き始めた。それを見ながら、これまで飛ぼうとしなかった鳥が、ようやく空へ帰っていくのを見るような気持ちになった。

杖で足元を探りながら、少しの変化も逃さないような慎重さで彼女は歩く。彼女がそうするまでの葛藤はどれほどだったろう。最初に腕から離れようとしてついに一人で歩き始めるまでの、決心と不安との間を行き来するような時間が、そうすることの困難さを感じさせた。

冷たく凍りついたアスファルトの道を、彼女が杖をつかって一人きりで歩いている。その背中を後ろから見て、これまで自分のどこかにあった傷が癒《い》えていくような、不思議な気持ちになった。

ふと、歩きながら彼女は左手を横に突き出して、アキヒロを探すそぶりを見せた。何か歩いている途中で不都合があったのかと、慌てて彼女のそばまで行き、その手に触れる。

彼女は安堵したように、口元をほころばせた。ちゃんと横について来ているのか不安だったのだろう。

ふたたび腕を離れて一人で歩き始めた。彼女の白い杖が足元を探り、道の右側にある建物の位置を常に確認する。そうやって道の端にいるのだということを、光のない世界で確認し続けなくてはいけないのだろう。

住宅のひしめいているところを抜けると、急に視界が開けて川が横切っている。そう大きな川ではないが、その分、流れが速い。戦前からかかっているような古い橋を渡る。手すりが膝のあたりまでしかなく、もしも彼女が一歩、間違えば、落下する危険があった。ようやく橋を渡り終えたとき、アキヒロはひそかに安心した。

鳥が電線の上で鳴いた。それはどこにでもいるような鳥だったが、彼女は立ち止まって、どこで鳴いているのかと首をめぐらせた。まるではじめて鳥の鳴き声を聞いたように、耳をそばだてていた。鳥という生き物が外にはいるのだと、たった今、思い出したような無垢《むく》な顔だった。

ふたたびミチルが歩き始めたとき、杖で足元を探り損ねたのだろう、彼女は、目の前が曲がり角であることに気づかなかったようだ。アキヒロもまた、彼女には見えていないのだということを一瞬だけ忘れていた。

速度をゆるめない自転車が走ってきていた。乗っているのはどうやら中学生くらいの男の子らしい。よそ見をしていてミチルに気づいていないようだった。

アキヒロは咄嗟に、自転車の前へ出ようとしていたミチルの服を引っ張った。彼女のすぐ鼻先を、自転車が走り抜ける。乗っていた男の子もその段階でミチルに気づいたのか、ブレーキをかける音をさせてちらりと振りかえり、去っていった。

アキヒロの腕にしがみつき、彼女は驚いた顔をしていた。ブレーキの音から、自転車が目の前を通りすぎたとわかったのだろう。

「ありがとう……」

彼女は震えるような小さな声を出した。

「ありがとう、ございます」

はっきりと、もう一度、言いなおした。

彼女の友人の家は歩いてどれほどの距離にあるのだろう。ふたたび一人で歩き始めた彼女についていきながら、目的地のことを考えた。電車もバスもつかわず、歩いていける距離にその家はあるらしい。道順と地図が彼女の頭の中に入っているようだ。まだ目の見えていたころからよく通った道なのかもしれない。

比較的、車の多い交差点に出た。エンジン音を残して、目の前の道路を車が通りすぎる。幸い、信号機があったので、青になるのを待つ。

彼女は、点字のように突起のある黄色いブロック上に立っていた。靴の裏側で、何度も間違いがないように突起の感触を確かめている。よく見ると黄色のブロックには二種類あり、点状の突起がたくさん並んでいるものと、細長い棒状の突起が同じ方向に並んでいるものとがある。配置のされかたをよく見ると、それぞれに意味があるらしいとわかる。

やがて信号が青に切り替わり、ありふれたメロディーが流れる。ミチルはそれを聞いて、横断歩道を渡り始めた。停止線で止まった車の前を、少し急《せ》かされているような速さで歩く。アキヒロは、信号機から流れ出す音をこれほど感謝したことがなかった。

小学校の横を通る。垣根の間から中を覗くと、運動場が広がっている向こうに、白い校舎が見えた。今は冬休みなのだろう。人間は見当たらず、寂しく静まりかえっている。

小さな子供が道を走ってきて、ミチルのすぐそばを駆け抜けた。ミチルの持っている白い杖の意味をまだ知らなかったのだろう。彼女は突然、足元を何かが通り抜けていったのを感じて、驚いていた。

「今のは……？」

「子供だよ」

ごく自然に、アキヒロの口から言葉が出た。

「なるほど」

ミチルは頷いて、また歩くことにとりかかる。そうしてみると、はじめて言葉を交わしたようには感じなかった。これまでずっとそうしてきたように、自然だった。

小学校の校舎に沿って歩道がのびており、そこを進む。道の右手側に校舎がそそり立ち、辺りは影となってより寒く感じた。

目の前を白い点がゆっくり落下していった。

最初は埃かと思ったが、すぐにそれが雪であることに気づいた。

アキヒロは真上を見る。白い空のほとんど視界半分を、右手側にある小学校の校舎が占めている。歩道に沿って電信柱が並び、黒い電線が空にかかっている。

黒い電線の前を時折、白いものがよぎる。小さな羽虫ほどの雪が、そびえ立つ校舎の巨大なコンクリートの壁に、そっとぶつかってころがりながら静かに落下してくる。積もりそうな激しい雪ではなかった。視界の中に、いくつか白いものが浮かんでいるといった程度の、ささやかな雪だった。それが空中から現れて、漂っている。

頬に冷たいものを感じたのだろう、彼女もようやく雪に気づいたようだった。歩くのを中断し、杖を持っていない左のほうの手袋をはずして、手のひらを上に向けていた。雪が手の中に落ちてくるのを待っているのだ。彼女は雪を、そうすることで感じ、楽しむらしい。

見ている前で、彼女の手の中へ雪がひとつ降りた。一瞬で白色が消え、透明な水滴へと変わる。

大切な時間が流れていると思った。このまま いつまでも歩いていたい気がしていた。それでも時間は過ぎるのだということを、重さのない雪がゆっくり地面へ落ちて吸いこまれていくのを見て思う。

彼女を外へ連れて出るとき、もしかしたら警察に見つかるかもしれないとは考えていたが、そのことに対する恐れはなかった。見つかって逮捕されてもかまわない。なぜなら、彼女の家に戻るつもりはなかったからだ。

ミチルは、手袋をしていない左手を空中につき出してぶんぶん振った。アキヒロを探しているのだろう。右腕を彼女の指に触れさせると、ぎゅっと彼女が服の袖を握り、歩き出した。

ミチルの友達の家が近づいてきたらしく、彼女の表情が真剣になってくる。そしてついにある家の前で立ち止まった。

二階建ての家で、曲がり角に位置していた。洋風で、屋根は茶色である。屋根の先端で風が渦をまいているのか、小さな雪がそのあたりで舞い踊っている。

門にある表札を彼女は手で触った。『二葉』と、表札に彫られている。その凹凸を指で感じて、ここで間違いないと判断したらしい。

「友達の家です……」

その言葉で、自分の役目が終わったことを知る。ここで彼女は自分と別れて、友達に会いに行くのだ。勝手に家の中をつかわせてもらい、生活を覗いてしまった自分の、唯一できる恩返しが終わった。

「……あなたは悪い人じゃないと思っていました」

彼女は、手で触れている相手がだれなのかわかっているのだろうか。正体までつかんでいるのだろうか。アキヒロには判断できなかったが、たずねることもしなかった。

名残惜しそうに彼女が手を離した。門を抜けて、ステップを数段上がったところにある玄関の呼び鈴《りん》を鳴らさなくてはならない。そうしようと向かいかけた彼女が、何かに気づいたようにアキヒロを振りかえった。

「そうだ、そんな服だと寒いでしょう?」

彼女は着ていたコートを脱ぎ、アキヒロに差し出す。

「私は、カズエに借りればいいから。カズエというのは、この家に住む友達の名前です」

もう家に戻ることはないので、コートを返すことはできないかもしれない。しかし、受け取るまで彼女がそのまま突っ立っているような気がして、コートを受け取った。男が着ても問題ないデザインだった。大きさも、彼女には大きすぎるが、アキヒロにはちょうどよさそうだ。

「その袖の感触、父のよく着ていたセーターにそっくり」

おそらく彼女は、無断で服を借りたことを見通してそう言った。

彼女が杖で、玄関へ続くステップの存在を確かめながら、一段ずつのぼっていく。少しずつ遠ざかっていく彼女を見ていると、胸がしめつけられるような気がした。

扉の前に立って、呼び鈴を鳴らす直前、彼女は感謝するような顔でアキヒロのいる辺りを振り向いた。

「先に家へ戻っていてください。鍵、かけてないから。私はたぶん、帰りにはカズエがついている。まだそう決まったわけじゃないけど、きっと大丈夫だから」

彼女が呼び鈴を鳴らす。

アキヒロは遠ざかって、物陰から様子を見ていた。彼女の友人らしい若い女性が扉を開けて出てくる。玄関でミチルを見て、信じられないという表情をし、二人は少しの間、真剣な顔で話をした。そして、ミチルは家の中に通される。

きっと彼女は友人との関係を修復するだろう。アキヒロはそう信じた。

コートを羽織り、二葉カズエの家を後にして歩きだす。家へ戻っていてくれと言った彼女のことを考えた。そのときの明るい表情を裏切るようでつらい気持ちになる。

街角に地図が設置してあったので、もっとも近い場所にある交番を探した。車の通りが激しい道に面して、交番の角張った建物があった。入り口は、ガラスのはまったサッシの引き戸である。

自分は松永トシオを殺していないと、そう正直に話そう。信じてもらえるかどうかわからないが、いつまでもあの家にいては、きっと彼女にも迷惑がかかるはずだ。

印刷会社のロッカー室で、若木に、殺意を抱いていると話してしまった。だから、簡単に自分の容疑が晴れることはないだろう。

しかし犯人は自分ではないのだ。

交番の入り口の前に立つ。ガラス越しに、中が見えた。制服を着た若い警官と、年配の警官がいる。蛍光灯で中は照らされており、曇り空の下を歩いてきた目には、交番の中が無菌室のように白く映った。

引き戸に手をかけようとして、ためらった。

急ぐ必要はないのかもしれない。もしも留置されたら、外へ電話できなくなるだろう。それならば、家族へ一度、連絡をいれてからでも遅くはないはずだ。

入り口のガラス越しに、中にいた警官と目が合う。アキヒロが指名手配の男だと気づいた様子はない。何か用ですか、という視線を向けられた。

頭を少し下げて、交番から遠ざかる。訪ねるのは明日にしよう。今晩、どこで眠ったらいいのかわからない。ミチルの家へ戻るつもりはなく、自分の過ごしていたアパートに帰ろうとも思わなかった。

悩んだ末、結局、市の中心に向かって歩き始めた。

□□□□

カズエの部屋にはファンヒーターがあり、温かい風の吹き出る音が足元から聞こえる。

ほどよい小さな部屋で、高校生のころに来たときは壁じゅうに、お気に入りの映画のポスターが貼ってあった。現在はどうなのかわからない。ミチルは部屋に通されると、彼女のベッドに座らされた。カズエは、机の前にあった椅子へ腰掛けたらしい。

彼女の家には、中学生の弟と、まだ小学生の妹がいる。二階のカズエの部屋にいても家族たちの騒々しい声が聞こえてくる。

「うち、うるさくてごめんね」

カズエはそう言うと、時々、ドアを開けて一階のほうへ静かにするよう叫んだ。そうするとぴたりと賑やかさは収まるものの、またしばらくすると声が聞こえ始め、やがて元どおりの騒々しさになる。

「どうやってうちまで来たの？」

「歩いて。でも、完全に一人で、というわけではなかったわ」

ひかえめに少しだけサポートをしてくれる親切な知り合いが最近できたのだと、カズエに説明をした。その人物がだれなのかを彼女は知りたがったが、教えるわけにはいかず、近所の人だと説明をする。

「一人では、とてもここまで来るのは難しかったと思う」

大石アキヒロと歩いてきた道を思い出し、あらためてそう考える。

彼は今ごろ、家へ向かって歩いているところだろうか。途中で警察に見つからなければいい。殺人犯に対してそう考えていることをだれかに知られたら自分は軽蔑されるかもしれない。それでも、そう考えてしまう。

「ここまでの道、大変だったでしょう」

「一人だったら、三回は死んでた」

「道に迷ったりしなかった？」

「一人だったら、迷っていたかも」

「寂しくなかった？」

「全然、寂しくなかったわ、一人じゃなかったから」

声を出しているうち、次第に自分の感情が高まっていく。胸の中に押しこんでせき止めていたものが、外に出たいと喉元を震わせた。

「……でも、これからは少しずつ、一人だけで外を歩く練習をしようと思う」

「このまえにあなたが言っていたこととは、少し違っているわね」

カズエが少しいじわるめいてそう言った。

「ええ、そうよ。カズエがあんまり頼みこむものだから、しょうがなくそうしてもいいかなと思ったの」

わざと偉そうに言い返してみたが、失敗だった。声も、顔も、演技を受けつけなかった。カズエから見たら、泣いている子供のようでしかなかっただろうと思う。

一人で家の中にいるという、ささやかな楽しい孤独な生活を続けていた。これから先も、一生そうするのだと思っていた。他人から見れば、おそらく理解できないような生きかたにちがいない。しかしそうすることしかできない人間も世界にはいて、自分もそのうちの一人なのだ。

その生きかたが、それほど悪いものだとは思わない。つつましく、コンパクトで、ささやかな幸せを与えてくれるにちがいない。他人を見れば、幸福さの度合いが違いすぎて悲しくなるかもしれないが、そういった植木鉢のような人生もいいと思う。

でも、自分はもう、外へ出ることに決めたのだ。

「カズエ、外は楽しかったよ……！」

彼女にそう言わなければ、胸がパンクするようだった。

それ以上、どんなにがんばってもまともに話せそうになかった。

第四章

カズエに付き添ってもらい、今度は自分の家へ向かって歩く。

これまでのように腕につかまってばかりではなかった。杖をつかって足元を調べながら歩く。危険な場合だけ、彼女の視力を頼った。まだ危なっかしいが、いつかは自分だけで歩くことができるようになると、確かにそう感じた。

「ごめん、つきあわせてしまって」

「いいの、好きでやってるんだから」

カズエはそう言うと、ミチルのつたない歩きかたと、何もないところでよく転ぶ子犬のかわいらしさの共通点を挙げて、同じようなスリルから目が離せなくなるということを話して聞かせた。

彼女にコートを借りていた。日はすでに傾きかけているはずだが、太陽は雲に覆われているらしく、ミチルの目にも見えない。

父のコートを貸して別れた大石アキヒロのことを考える。さきほどから度々、彼は今ごろどうしているだろうという考えが頭に浮かぶ。

彼は今、居間の隅にいるころだろうか。勝手に暖房器具をつかって暖かい部屋にしているといい。

これまで、彼が勝手にストーブをつけたり、炬燵に入っていたりする様子はなかった。おそらく気配を感じ取られまいとして、冷たい部屋の中で寒さを我慢していたのだろう。ミチルがストーブをつけないかぎり彼は寒さの中で震えていたのだ。もっとずうずうしくなってかまわないから、風邪をひいていなければいい。

帰ったら、何と話しかけよう。これまで、言葉を交わしたら、その衝撃で何かが壊れ、二度と戻らなくなりそうな不安があった。せっかく近寄ってきていた犬が、声に驚いて逃げ去ってしまうような恐れだ。しかし、今はもう大丈夫だという確信があった。カズエの家へ向かう途中、すでに自分たちは声で触れあったのだから。

「ミチル、どこ行くの？　そっち壁だよ？」

カズエから声がかかり、白杖の先端が壁を探り当てた。いつのまにか進む方向が傾いて、舵の壊れた船のように弧を描いて壁に向かって歩いていたらしい。

気を引き締めて、再度、歩き出す。彼のことを考えていたからこうなったのだと思う。なにもしていないとき、あるいはなにかしているときでさえ、頭の中が大石アキヒロの存在によって占められることがある。そのことには自分で気づいていた。それを感じる瞬間、自分が弱くなった気がする。すくなくとも彼がいなかったときは、そういったことに頭をつかうことなどなかったし、彼のいないという家の中を想像して胸が苦しくなることもなかった。

でも、その一方で、家を出る勇気を得ることもなかっただろう。強くなったのか、弱くなったのか、わからない。きっとその両方なのだ。ミチルはその不安定さを、いとおしく思った。

もう一度、カズエから声がかかる。また壁に衝突するところだった。

割合に近くから、踏切りの警報機の音が聞こえてきた。冷たい空の空気を伝わって、耳に聞こえてくる。線路のそばまで来ているということは、家はすぐ近くだった。

「カズエ、ありがとう。ここまで来れば大丈夫だから」

「本当に？」

ミチルが頷いてみせると、彼女は心配しながら、別れの挨拶を言った。彼女の靴音が遠ざかって消えるまで、手を振った。そうしてついに、はてしなく続いている暗闇の真ん中でひとりになった。

あとは白杖だけが頼りである。ミチルは、緊張しながら歩き始めた。家の周辺の地図は完全に頭の中に入っている。数年前の地図だったが、新しく道ができたという話も聞いていない。

危険を知らせてくれる人間はそばにいない。一歩ずつ、耳に神経をつかいながら歩いた。車の音などを聞き落とさないように気をつけなければいけない。

以前、ひとりで歩いたときに聞かされ、心を抉《えぐ》った車のクラクションは、もう痛みを伴って蘇らなかった。

杖を持たない左手で、道の端に金網があるのを確かめながら歩く。やがて長い時間をかけて、ミチルは目指していた場所に到着した。

ちょうど、電車が来たところらしい。重い金属の車輪がレール上で止まり、高い軋むような音を出していた。駅の改札前で、ミチルはそれを聞く。

家のすぐそばにある駅だった。大石アキヒロが警察に追われる原因を作った場所である。

改札を、複数の足音が通りすぎる。通行の邪魔にならないよう、改札から少し離れた駅の入り口の、記憶では券売機のある横に立っていた。

やがて辺りが静かになり、目の前を通るものがだれもいなくなる。再び電車の動き出す音を聞いた。前の車両に後ろの車両が引っ張られ、電車の継ぎ目の部分が芋虫のように収縮しながら発進する様を想像する。

完全に辺りが静かになると、ようやくミチルは動き、改札に近寄った。子供のころからずっとこの駅の改札は機械化しない。改札のところに小さな窓があり、その奥にいる駅員に切符を切ってもらう。

改札の窓を手探りする。中では暖房がついているらしく、暖かい空気が窓の奥から感じられた。

「すみません……」

ミチルは声をかけた。

「どちらまで行かれます？」

窓の奥から、駅員の声がする。中年の男性のものだった。

「いえ、電車には乗らないんです……」

どう言ったらいいのか一瞬、困惑した。それからやがて、話を切り出す。

「少し、お話をしたいのですが、よろしいでしょうか」

手探りして椅子があることを確認すると、ミチルは腰掛けた。その重みで耳障りな音が出る。小学生のとき、職員室の先生が座っていた事務椅子と同じ音だった。

駅員が、お茶は？　とたずねたので、首を振って丁寧に断った。

駅の管理室に通されていた。切符を切る窓の裏側に位置しており、駅員はここに待機して、改札を通る乗客の定期などを壁にあいた小窓から確認するようだ。声の反響具合から、小さな部屋であることがわかる。

足元にストーブがあるらしく、脛《すね》に熱を感じた。カズエに借りた上着を脱いで、膝の上に置く。

駅員は、数年前からこの駅で勤務しているそうだ。視力に障害を持つらしい女性が人に手を引かれてこの駅を利用するのを時々、見かけたことはあったらしい。

改札前で話しかけたとき、彼はすぐに、ミチルのことを思い出したようだった。カズエと買い物に出かけるとき、いつも電車を利用していたので、そのときに記憶されていたのだろう。しかし、ミチルが駅の前にある家の住人であることは知らなかったようだ。ミチルが自己紹介し、家が駅のそばにあることを説明すると、彼は「ああ、そうだったんですか」と驚いていた。

突然に押しかけて断られるかもしれないと思っていた。しかし、顔を覚えてもらっていたおかげか、快く管理室にまで迎え入れられてしまった。

乗客が改札を通ろうとしたのだろう、ミチルの頭のすぐそばで、駅員が小窓に向かって作業する物音が聞こえる。

この駅員は、毎日ここに座って、電車が通りすぎていくのを眺めて過ごすのだろう。家の中で横になり電車の音を聞いて過ごしていた自分と似たような毎日を送っているのだ。そう考えると、親近感がわいた。

「この駅をよく利用する人は、だいたい顔を覚えているんですよ」

彼はそう世間話をしながら、机の上に散らばっていたらしい紙を片づけている。その忙しそうな音が聞こえた。ミチルには見えないのだということがわかっているのに、彼はちらかっているところを見られるのが恥ずかしいのだろうか。いい人そうだと感じ、緊張がほぐれる。

「ところで、話というのは？」

駅員は、ミチルの向かい側にある椅子へ腰掛けたようだった。足元の熱源の向こう側で、事務椅子の軋む音がする。ストーブを二人ではさんだ格好だろう。

ミチルは緊張しながら、二週間前にこの駅で起きた事故について質問した。もしかすると、そういうことはあまり人に教えられないとして追い返されるのではないか。そう心配していた。しかし駅員は、特にいやそうな響きを声に含ませることなく答えた。

「あれは、事故というよりも、事件ですよ。殺人事件」

「殺人……、ですか？」

そう。駅員は言って、その朝に自分がこの駅から警察を呼んだのだと説明した。

ミチルはもともと、大石アキヒロの関わった事件について、そう多くを知らなかった。

少しでも情報を得ようと駅へ来たが、警察を呼んだ当人から話が聞けるとは思っていなかった。

「といっても、私が見たことといったら、ほんの少しだけだよ」

「それでもいいです。教えてください。……そのう、家が近所で、物騒だから、知っておきたいんです」

ストーブの上には水の入ったヤカンが置かれているらしい。中の水が沸騰し、小さな音をたてている。駅員の言葉と、水の沸騰する音とが、駅の管理室内に溜まっていく。

ミチルは静かに耳を傾けた。

十二月十日は、冷たい朝だったそうだ。始発前から駅員は管理室に入っており、ストーブの前に手をかざして暖まろうとしたが、時々、窓から風が入ってきて体を冷やしたという。

七時十分の下りの電車が通りすぎた後、改札を、一人の男が通った。毎朝、この駅を利用する男だった。後に、彼が松永トシオという名前であることを駅員は知ったそうだ。

管理室から顔を出し、彼が、ホームの端のほうに立っているのを見た。駅の構内は人気《ひとけ》がなく、彼のほかにはだれもいなかったそうだ。雲に覆われて朝日も見えず、閑散とした冷たい景色の中で、ホームに一人で立っている男の姿はやけに小さかった。

松永トシオが改札を通過して五分後、もう一人の男が改札を抜けた。彼もまた、いつも駅を利用している男だった。定期を確認し、駅員は彼を通した。

管理室から、駅員はアナウンスをした。急行電車が通過しますので、黄色い線の内側におさがりください。

しかし事件は起きた。二人目の男が改札を抜けて数分が経過したとき、線路を急行電車が通過。七時二十五分の電車だった。その瞬間、駅員は管理室の中でお茶を飲んでいた。

直後に、電車が急ブレーキをかける音。駅員が外へ出てみると、様子がおかしい。いつもなら遠くへ通りすぎているはずの急行電車が、駅を少し通過したあたりで速度をゆるめ、止まろうとしている。

ホームに、男が一人だけ立っている。数分前に改札を通った男だった。

駅員は、彼のもとへ走った。ホームで棒立ちになって線路を見下ろしていた男は、駅員が近づいてくるのを見ると、一瞬、恐怖するような顔をした。そして、逃げるようにホームの端へ走っていった。

「昔から、駅の横の金網に裂け目があって、修理されていないんですよ。彼はどうやら、そこをくぐって逃げ出したらしい。その男の身元は、警察が調べてすぐにわかったみたいです。大石アキヒロという名前らしい」

駅員は、男がすでに遠くへ走り去ったのを見て、追いかけるのを諦めた。

駅を少し通りすぎてストップしたばかりの急行電車から、運転手が降りてきた。離れていたので、姿は小さかった。電車の車輪からは摩擦熱のため白い煙が出ており、冷たい朝の空気に触れて消えていった。

駅員はホームの端から線路を見下ろした。すぐ足元の、枕木やその間から覗く石に、赤いものがついていた。冬の朝と同様に、それは鮮明な色ではなく、黒くくすんでいた。しかしまだ乾いておらず、その下にあるものを半透明に透かしていた。たった今、だれかの体から流れたばかりなのだと、それでわかった。

急行電車の先のほうで運転手が何か叫んだ。駅員はそちらを向く。運転手が手を振りながら、もう片方の手で足元を指差していた。

倒れている人影を見た。やけに黒く見えた。少しも動かず、即死だったことを駅員は直感的に知ったという。

「最初は落下事故だと思ったんだが、逃げ出した男のことを考えると、やっぱり突き落とされたんだろうね」

駅員はため息を吐きながらそう言うと、電車に轢かれるような死にかただけはいやだとつけ加えた。

ミチルは、いつのまにか膝の上に置いた上着を握り締めていた。ニュースやカズエの話から簡単なあらましは聞いていたが、その場にいた人の話を聞くのは生々しかった。まるでたった今、人の死を目《ま》の当たりにしたようで、気持ち悪くなった。

松永トシオが急行電車にはねられたとき、ホームにいたのは彼自身と、大石アキヒロだけだったという。ほかにはだれも改札を抜けて駅の構内に入っていかなかったと、目の前にいる駅員は証言する。

ミチルは駅員に、殺された人と、殺した人に関する情報を求めた。駅員は不思議そうな声で聞き返した。

「何故そんなことを知りたいんですか？」

ミチルは、どう答えればいいのか困惑した。

「ここから先は、ちょっとした好奇心です……」

そう言うと、駅員が笑ったので、少し恥ずかしくなる。

「私もよくは知らないけど……」

駅員は唸りながら、記憶をたぐるように話をした。彼は毎朝、定期を確認していただけなので、直接、二人がどんな人物なのかはわからないという。しかし、世間で囁かれている話ぐらいは聞いて知っていた。

殺された松永トシオという人には、自殺をする動機はなかったそうだ。そして、逃げ出した大石アキヒロは、彼に恨みを持っていたらしい。二人とも同じ印刷会社に勤めており、そこでの確執が原因だったのだろうと言われているようだ。

ミチルは、大石アキヒロのことを考えた。彼の過去については何も知らなかった。だれかに対して激しい殺意を抱くような、何があったというのだろう。さきほど駅員から聞いた血の映像が頭をよぎり、悲しくなる。

「男の人が突き落とす瞬間を、急行電車の運転手の方は見ていたんですね……？」

もう悪いことは何も聞きたくない。これ以上、聞くと、つらくなりそうだった。そう思いながらも、使命にも似た気持ちでミチルはたずねた。彼のことについて自分はちゃんと知らなくてはいけないという気がしていた。

「見ていないそうですよ」

「え？」

運転手はホームに注目しておらず、線路の先のほうに視線を向けており、駅を通過する瞬間に何かが車体に衝突する音でようやく気づいたらしい。それは乗客も同じで、駅を通りすぎた直後に急ブレーキがかかり、ようやく異変に気づいたといった様子で、だれもホームは見ていなかったそうだ。

「そうなんですか……」

大石アキヒロが松永トシオを突き落とす瞬間はだれも見ていない。しかし、だれかが見ていようが見ていまいが、事態は変わらない。もしも自殺であったなら、彼が逃げ出し、自分の家の中に隠れ潜む理由がない。居間の隅で何時間も息を潜めている彼の執念は、よほどの決意がなければできないことだと思う。

駅にもうすぐ電車が到着するらしい。それを示すアナウンスを駅員が流す。

駅に電車が到着し、重い金属の車体が鉄のレールの上でゆっくりと停車する音が聞こえてきた。これ以上、仕事の邪魔をしてはいけない。

ミチルは立ち上がり、家へ帰ることにした。上着を着ながら、駅員に頭を下げる。

「どうも、わざわざ話を聞かせていただいてすみませんでした」

ミチルは駅から立ち去った。駅から家までの短い距離を、一人きりで歩く。踏切りを渡るときは、とくに気をつけた。

カズエの家の前で別れてから時間がたっている。彼は今ごろ、家の中で何をしているだろう。さきほど駅員から聞いた話を思い出すと、やはり彼に自首をすすめなければいけないという気持ちになる。心の中の、正しさを求める部分が、そう主張するのだ。

それでも本心では、法律をおかしても匿《かくま》っていたいように思う。明るい気持ちで、家にいる彼に声をかけることはできそうになかった。不安で、心もとない。足元が軟らかくなって、体全体が地面の中に沈んでいくような、そんな気分になりながら、少しずつ歩いた。

玄関に鍵はかかっていなかった。中に入りながら、ただいま、と声をかけていいのだろうかと迷う。いいような気もするし、なれなれしいと思われる気もする。

勇気が出なくて、無言で帰宅するほうを選んだ。

居間へ行ったり、自室へ行ったりしながら、暗闇の中にあるはずの彼の気配をつかみとろうとした。

家の中の暗闇は、静かに沈黙している。胸騒ぎに襲われて、居間の、いつも彼が座っていた場所をそっと手で探った。手のひらに、冷たい畳の感触だけが残った。

必死で辺りを手探りしても、大石アキヒロの体はどこにもない。耳をすましても、彼がひそかに呼吸する息遣いや足音はなかった。

家の中を歩き回って、彼の名前を呼んだ。途端に、家の中の暗闇が大きくなったように思えた。かつて父が死んだときと同様に、家の中が広すぎる気がした。

「大石さん！」

はっきりと声を出して呼びかける。返事もなく、ただ声が深い暗闇の中へすいこまれて消える。自分の声がこんなにも虚しく響く様をはじめて味わった。

彼が家の中にいないことはすぐにわかった。カズエの家の前で別れて、彼は戻ってこなかったのだ。途中で警察に見つかってしまったのだろうか。それとも、同じ場所に隠れていては危険だと感じ、ほかの場所へ移動したのだろうか。

自分たちは接近しすぎてはいけなかったのかもしれない。腕をとって励ました彼の行動は、別れの挨拶の意味を含んでいたのかもしれない。これで最後だから、彼はそう考えて、腕に触れさせてくれていたのだろうか。

いつも彼のいた場所に座り、暗闇を見つめた。数年前からそれしか見えず、この先も変わらない。辺りは静かで、空虚だった。急にひとりで放り出されたような寂しさだけが、自分に寄り添っていた。

膝を抱えて体を丸めた。おそらく大石アキヒロも、昨日まではこんな格好でいたにちがいない。

駅員に聞いた話を思い出す。彼は、自分の罪を償《つぐな》おうと考えたことはなかったのだろうか。もしかすると今日、その決意を固めて、自首するために警察へ向かったのかもしれない。もしもそうなら、途中で警察につかまったり、隠れ場所を移動したりといった理由でいなくなるよりもいいような気がした。

いつもこの場所に座って、彼は何を見ていたのだろうか。そもそも、なぜこの家に潜んだのだろうか。

遠くで踏切りの警報機が鳴っている。家から離れた場所なので、じっと体を動かさずに耳をすましていなければ聞こえないほどの音だった。しかし、甲高いその音が空気を震わせているのを聞いていると、まだ目が正常だったころに見た踏切りの信号の赤い明滅を思い出す。やがて音がやむと、頭の中でも赤色が消えた。

よく考えてみれば、彼がここにばかり座り続けていたことは納得できない。何かがおかしかった。

居間の片隅に座ったまま、周囲を手探りする。すぐ左手にテレビがあり、ほとんど東側の壁とテレビに体がはさまれた状態である。右手で壁を探ると、斜め前の、ちょうど目の高さに窓がある。この居間に唯一ある窓だ。

不思議だった。もしも隠れていたいのなら、窓のない部屋にいるべきではないだろうか。それなのに、窓のそばにいたのでは、外から見られる危険も増えるはずだ。しかもここは居間なのだ。目が見えないとはいえ、彼はミチルに見つかることを考えなかったのだろうか。それとも、見つかったらすぐに逃げ出そうという気持ちでここにいたのだろうか。

違う。ミチルは考えを改めた。窓がここにあるから、ここに座っていなければならなかった。そう考えると納得できる。

なぜ東側に開いた窓が必要だったのだろう。どのような理由が、彼をここに息を潜ませて何時間も何日も座らせ続けたのだろう。それに、東側に開いた窓なら、台所にもある。

居間の窓にあって、台所の窓にない利点。ミチルには、ひとつしか思い当たることがない。まだ目が見えていたころ、居間の窓の外には、いつも駅のホームがあった。台所の窓は、木に遮られて何も見えない。

彼は駅を見ていたのだ。しかし、自分が人を殺したまさにその場所を、これまでずっと見つめ続けたというのだろうか。殺人をおかした後、どこか遠くへ逃げることもせずに、現場のそばから離れず自分の罪を見つめるように過ごしていたのだろうか。

いや、違う。彼がここにい続けたことには、何か強い意志の力を感じた。ミチルが思い出せるかぎり、ほとんどの時間、彼はこの場所にいたのだ。ただ窓から駅を見ていたというよりは、何かの使命のようにここから離れなかった。

わかりそうで、わからない。もどかしい気分のまま、ミチルは立ちあがった。彼が何をしていたのか、そしてどんな気持ちでこの家に隠れていたのかを知りたかった。もしも自分に何か手助けができるのなら、立ち去る前に言ってほしかった。

窓を開けると、冷たい風が吹きこんでくる。涙がわいてくる直前の、鼻の奥がつんとする感じがした。こらえるために、冷たい空気を何度も吸って吐いた。

居間の窓は、毎朝、習慣的に開けていた。松永トシオという人物が死んだ朝も、同じように窓を開けたはずだった。もしも自分に視力があったなら、その様を目撃していたのだろうか。

窓から離れ、冷蔵庫の中身を確認する。明日のクリスマス・イヴには、カズエが家を訪れて料理してくれるという。そんな約束を、カズエの家で交わしていた。

しばらくの間、アキヒロのことばかり考えてしまいそうだったが、そのことを隠してカズエには笑顔を見せなければいけない。

□□□□

十二月二十四日。

財布の中に、つかいかけのテレホンカードが入っていた。最後につかったのがいつだったのか、もう記憶にない。アキヒロは電話ボックスに入ると、受話器を取ってカードを入れた。

デパートの立ち並ぶ通りにある電話ボックスだった。扉を閉めると、その辺り一帯に流れていたクリスマスソングが小さくなる。電話ボックスの透明な壁越しに、買い物に来ている人の行き交う姿が見えた。

ミチルの家に戻らず、一晩を外で過ごしていた。太陽が昇るのを、早い時間で車の通りがまったくない道路の真ん中に立って眺めた。警察に捕まれば、しばらくは朝日を見ることもないだろう。そう考えると、最後にどうしても昇っていく太陽を見たくなったのだ。その後、実家に電話するのをためらって歩き回っているうちに、いつのまにか昼に近い時間となっていた。

テレホンカードの残り度数が電話機の液晶に表示される。実家までの距離を考えると、長く話していられるほど多くはない。

　実家の番号を押す。家族と話をするのは恐かった。今、向こうで自分がどのように言われているのか、そして周囲から家族がどのような目で見られているのか、知ると傷つく気がした。それでも自分は電話をしなければならない。

　何回か呼び出し音が鳴り、受話器がとられた。

「もしもし……？」

　母の声だと、すぐにわかった。半年ほど声を聞いてはいなかったが、幼いころから聞き覚えのある声はすぐに判別できた。

　どう声をかけたらいいのか戸惑ったが、喉の奥から、苦労して一言だけ言葉を押し出す。

「母さん」

　一瞬、受話器の向こうで沈黙が起こる。

「アキヒロ……？」

　驚いたような声だった。

「あんた、今どこにいるの？」

　教えてもかまわないと思い、今いる場所を伝えた。松永の死んだあの駅からそう遠くない場所にいることを、母は驚いていた。連絡をしない間に、すでに遠くへ逃げているものだと考えていたらしい。

母は怒鳴りつけなかった。声をつまらせながら、まだ息子と話ができることを感謝するようにして、様々なことをアキヒロに聞かせた。

警察から連絡があったとき、母がいかに驚いたか、どれだけ心配したかを、アキヒロは知った。幾度も、元気だったのかと質問をするので、そのたびに問題なかったと返事をしなければならなかった。受話器の向こう側で、母が鼻をすする音を聞いた。胸が痛んだ。これまで心配をかけたことは時々あったが、今回の事件ほど親を困らせたことはなかった。

兄弟や親戚たちの近況について母から話を聞き、自分から遠く離れた場所にいる家族も迷惑を被《こうむ》ったのだということを知る。

自分は社会の中において、人を殺して逃げ出した殺人犯だと見なされていることをあらためて確認した。

「……警察に行くつもりはないの？」

やがて母がおそるおそる言った。かすかに声の震えを感じ取る。その質問を、警察から逃亡中の息子に言うことは、覚悟が必要だったはずだ。それを言わせたことが、申し訳なかった。

「この電話の後で、行こうと思う」

「そう……」

ほっとしたように、母が息を吐き出す。

「でも、その前にちゃんと言っておきたいことがある。これは、そのための電話なんだ」

緊張して、受話器を握り締めた。電話ボックスの透明な壁越しに、飾りつけされたショーウィンドウが目に入る。クリスマスのための電飾が、ばらまいた星のように点灯している。

「たぶん、警察に行ってこの話をしても、すぐには信じてもらえないと思う。留置されて、外との連絡は断たれるかもしれない。そうなる前に言っておきたかった」

母に、自分が無実であることを話した。テレホンカードの残り度数を確認する。おそらく、詳細を話している時間はないだろう。

電話ボックスの中は四方に壁があり、外よりも暖かいようでいて、その実、冷蔵庫の中のように、冷たい空気で満たされていた。寒さを防ぐため、ミチルから借りたコートの前をかきあわせる。

空気の冷たさが、松永の死んだ朝を思い出させた。その日の朝は低く灰色の雲が空にかかり、世界から色という色が薄れてしまったかのように、景色がくすんで見えた。あるいは、記憶の中でそうなってしまっただけなのだろうか。思い出せるあの朝の風景は、胸の内側を寂しく、孤独にさせるような冷たさにあふれていた。

松永が死んだ直後、駅員が駆けてきたとき、見たことをすべてその場から動かずに話していれば、こうなることはなかったのかもしれない。

十二月十日の朝。

急行電車が松永の命を消滅させて通りすぎた直後、アキヒロはその女を見た。彼女はアキヒロと目が合うと、恐怖するような顔をして、逃げ出す。

いるはずのない人間だった。改札を抜けた後で辺りを見まわし、自分と松永以外にだれもいないことは確認していたはずだ。

しかし、女の顔には見覚えがあった。以前に一度だけ見たことのある顔である。松永といっしょにホームに立っていた女だ。おそらく、遊びでつきあっていたと松永が同僚たちへ吹聴《ふいちょう》していた人物だろう。

アキヒロが松永の口ずさむ鼻歌を聞き、殺意をなくして彼から遠ざかった直後のことである。

突然に、細い腕が視界の端からそっと伸びて、松永の背中を押した。そのために彼は、視覚障害者用にホームの端へ貼りつけられた黄色い点字ブロックの線を越え、電車の鼻先へ落下した。

もはや助け出すこともできないほど、急行電車は迫っていた。線路に落下した彼は、びっくりしたという表情で、ホームにいるアキヒロを見た。アキヒロの隣には、いつのまに近づいてきていたのかわからない女が立っていた。しかし松永が彼女に視線を向ける以前に、轟音と振動の巨大な塊が彼の上に覆い被さった。まるで、シチューのジャガイモをスプーンで軽くすくっていくように、彼の姿は簡単に視界から消え去った。

呆然としながら、隣に立つ女を見た。

女は能面のように無表情だった。電車が通りすぎた後の線路を見ているのか、駅の向かい側の建物を見ているのかわからなかった。しかし、無表情だったのは、急行電車が目の前を通りすぎ、ようやくブレーキがかかりはじめるまでの短い一瞬だけだった。

アキヒロのほうを振りかえり、彼女は顔を歪めた。それまで他人の存在には気づかなかったらしい。そうさせるほどの松永への殺意が、彼女にはあったというのだろうか。

女は、アキヒロから逃げるように、背中を見せて走った。ホームの端から飛び降りると、消えていなくなった。その間、アキヒロは立ちすくみ、彼女の消えた先と線路とを見比べているしかできなかった。

改札の脇にあった扉が開き、駅員が飛び出して駆けて来た。

アキヒロを急かして、逃げるように走り出させたものは、おそらく女が感じたものと似たような恐怖だった。

自分が直前まで松永に対して抱いていた殺意を、駅員に覚られた気がした。そのとき、はたして松永を殺したのはさきほどの女なのか、それとも自分なのか、わからずに混乱していた。自分の殺意が女の形となったのではないかと思えたのだ。

いったんは殺そうとしておきながら、それをとりやめた自分が腑甲斐なく、魂の奥深いところにあったものが彼女になり、自分のかわりに松永を殺したのではないか。あるいは、そのような幻覚を見ただけで、実は自分が手を下したのではないか。

彼女の消えたホームの端から同じように飛び降りると、金網が裂けていた。おそらく女はそこから駅構内に侵入したのだろう。アキヒロが松永のそばから離れるのと入れ違いに近寄ってきて、罪をおかしたのだろう。

アキヒロは金網の裂け目を抜けて逃げる。冷たく凍ったアスファルトの路地に、自分の足音が反響した。

女は確かに、いつか松永と電車に乗っていた人物だった。松永の恋人だとすれば、殺意の源が何なのかを推測するのは容易である。そう考えると、松永を殺したのが自分ではなく、ほかのだれかだったと確信する。

それなら、自分のやるべきことはあきらかだった。逃げた女を捕まえる必要がある。

走りながら、女を捜した。このままでは自分が疑われるにちがいない。飛び出してきた駅員は、女の姿を見てはいないだろう。電車の運転手や乗客は女を見ただろうか。もしもだれも女を見ていなければ、松永は自分がつき落としたことになるかもしれない。逃げ出したというその行為が罪の証明に他ならない。

いつのまにかアキヒロは街中を走っていたが、女の姿はどこにもない。道ですれ違う女や、人と立ち話している女に目をやる。服装も、顔も、松永をホームからつき落とした女とは違っている。

やがて息が切れて足が動かなくなった。交差点から少し離れた飲食店の店先で立ち止まる。乱れた呼吸が、白くなって空中で散り散りになる。

行き交う人々を冷静に見た。それでようやく、自分があてもなく女の姿を求めてさまよっていることに気づいた。

交差点の横断歩道の前に、会社へ向かう途中らしい女性が立っている。信号が青になるのを待っているらしい。髪形は似ていたが、振りかえった顔は見知らぬものだった。そばに目撃者がいても手を止められなかった女の心のありようを思うと、計画的ではなく、突発的な犯行だったように感じる。今、彼女は町のどこかで、人を殺してしまったことについて恐怖しているかもしれない。自首をするかどうかで、悩んでいるだろうか。

自分ではない人間が容疑者として追われているニュースを、そのような状態の彼女が耳に入れたらどうなるだろう。彼女自身は罪に問われず、まったく知らない他人が殺人犯として追われている。

彼女は、別の容疑者のおかげで自分が助かろうとしていることを知る。殺人という罪によって失いかけた人生が、また自分に与えられようとしている。まとわりつく影をすべて拭い去る光として、この状況にすがりつくかもしれない。自首をせずに逃げきろうという誘惑は、彼女にとってどのように魅力的だろうか。しかしそれはアキヒロに破滅をもたらすだろう。

警察へ行くことを考えた。しかし、話を信じてもらえるか疑問である。

アキヒロは力ない足取りで駅へ向かって歩いた。今ごろあの駅員は、不審な人物が駅から逃げたとして自分のことを警察に報告しているだろう。

だれにも見咎《みとが》められないまま、線路沿いに緑色の金網が見える場所まで戻った。駅はすぐ近くだ。もしも警察に声をかけられ、駅から逃げ出した男ではないかと尋問されても、走って逃げようとは思わなかった。

さらに駅へ近づくと、止まっている急行電車と、集まっている野次馬が見えた。大勢が、金網越しに道から眺めている。線路上に作業着を着た男たちが集まって、何か作業をしていた。彼らが鉄道会社の人間か、警察の人間なのかはわからなかった。松永の死体を片づけているのだろうか。

駅へ近づく自分の足が止まった。

松永をつき落とした女は、またあの駅に来るかもしれない。松永と電車に乗っていたのを思い出し、その可能性がどれほどあるかを考えた。

もしそうなら、どこかから見張って、女が駅に来るのを待てばいいのではないか。彼女が来たらすぐに飛び出してつかまえるのだ。もし来ないようであれば、そのときあらためて警察へ行けばいい。

警察で真実を話しても、信じてもらえず、力ずくで無理やり罪を認めさせられるかもしれないという恐れがあった。もしそうなるようであれば、自分で犯人を探し出して、後から警察に釈明したほうがいい。その思いが、決断させた。

問題は、どこに隠れるかということだ。だれにも見つかることなく、常に駅を見張っていられる場所が必要である。

ひとつだけ、都合のいい場所を知っていた。

しかし、いくつもの倫理観が非難する。その場所に潜むことは、一人の人間の私生活を覗くことになる。加えて、その人の持つ感覚機能の障害を利用することにもなる。

遠く灰色の空を背負って不自然に止まった電車と、その周囲で作業する人々を見る。アキヒロの横を人が通りすぎ、また一人野次馬が駆けていく。

決心をして、アキヒロはその家に向かった……。


受話器に向かって自分が人を殺してなどいないことを宣言すると、母はそれを信じると言ってくれた。本当に信じてくれたのか、それとも子供を安心させるための言葉なのか、わからなかった。それでもよかった。アキヒロは心の中で、母に感謝する。

電話機の液晶に表示されているテレホンカードの度数が、残りわずかになってきた。

「もうそろそろ、電話を切るよ」

引き止めようとする母に対して、カードがもう尽きかけているのだと説明をする。その間にも、液晶に表示された数字はまたひとつ小さくなった。

これから警察へ行かなければならない。警察の人間に話を信じてもらうのに、どれほどの時間がかかるだろうか。自分はあの事故の現場から逃げ去って二週間も隠れていたのだ。その事実が人間としての信頼を消滅させてしまっている。釈明を繰り返しても、信じてもらうことは困難だろう。

松永に対して、殺意を抱いていたのは確かなことである。もしそうでなければ、あの場所から逃げたりはしなかっただろう。現在の自分に与えられたこの困難は、松永を一度は殺そうと考えた愚かな自分への刑罰だ。無実の罪で罰せられるというなら、それは完全な無実というわけでなく、他人へ殺意を抱いた罪だろう。

「それじゃあ……」

母にそう言ったとき、カードが尽きて、電話が不通になった。アキヒロは受話器を置くと、電話ボックスを出た。人ごみにまじりながら、警察署までの道のりを歩く。

歩きながら、無実をはらすことなどできないという漠然とした不安に襲われる。警察は尋問をして、無理やりに罪を認めさせようとするかもしれない。尋問の厳しさと、一度は殺意を抱いた後ろめたさから、あの女の罪をかわりに引きうけるべきだという気分になるかもしれない。

買い物に来た家族連れとすれ違う。母親の手を握って歩く子供が、店のショーウィンドウを見ていた。白いスプレーで、そりに乗ったサンタやトナカイが描かれている。

アキヒロは、ミチルから借りたコートの前をかきあわせた。そのとき、胸のあたりにおかしな感触があるのを知る。そこだけ、コートの生地が少し硬い気がした。

歩きながらコートの裏側を手探りする。どうやら内ポケットがあるらしい。たった今、はじめてその存在に気づいた。

中に、なにかが入っていた。取り出してみると、数枚の写真である。公園らしい場所にミチルが立っている。その風景が切り取られて写っていた。

写真は全部で四枚ある。公園にミチルが立っている写真が三枚あった。いずれも彼女は、視線を遠くに向けている。カメラがどこにあるのか見えないのだ。天気のいい日だったらしく、背景に写っている空は青い。

最後の一枚は、外で撮影されたものではなかった。どこかの料理店の中らしく、メニューの広げられたテーブルがあり、その向こう側にミチルが座っている。背景に写っている喫茶店風の店内には、陶器製らしい動物の小さな置物が並んでいる。

アキヒロは足を止めて最後の写真の意味を考えた。人通りの多い歩道の真ん中で急に立ち止まったため、後ろを歩いていた人が背中に衝突する。しかし、迷惑そうに避けて歩く人々の視線など気にならなかった。

心臓の鼓動が速くなり、首筋にある血管の脈打つ音がやけにはっきりと耳に聞こえる。クリスマスソングも雑踏も遠くへ消え去っていた。

最後の一枚の写真に、松永を殺して逃げたあの女が写っていた。ミチルの横に並んで笑っている。ウェイトレスの格好をしているところから、この店で働いているのだろうと推測する。あの女とミチルが友人だったとでもいうのだろうか。

いや、違う。これは偶然などではない。

アキヒロは、ミチルの家へ向かって走った。

□□□□

「ジングル・ベル」の鼻歌を聞きながら、ミチルは皿を居間の炬燵に運んだ。他人の鼻歌を聞いていると、父の生きていたころを思い出す。父はいつも調子の外れた鼻歌を口ずさみながら、居間で新聞を読んでいた。

懐かしんでいると、鼻歌がやむ。

「ミチル、コップも運んでおいて」

カズエが言った。

もうしばらくすると、彼女の作ったビーフシチューができあがる。それからケーキを切り、テレビのチャンネルをドラマの再放送に合わせる予定だった。

台所に、ビーフシチューのいい匂いが漂っている。暗闇の中に、台所の中を歩き回るカズエの足音があった。鍋から湯気が立ちのぼっている様や、窓に水滴のついている様子を思い描く。空気が生暖かく、湿気を含んで、たった今、料理が作られているのだという気配に満ちていた。

一昨日、カズエと喧嘩をし、昨日、仲直りした。そして今日はもうささやかなクリスマスのパーティをしているのだから、不思議な気がした。彼女とは頻繁に出かけてはいたが、三日連続で会うことはめったにない。

自分の人生における彼女の大きさをあらためて考えさせられる。笑いながら話をして、空気のようにいてくれる。彼女がこういった催し物を企画してくれるから、パーティがあるのだ。もしも自分一人だけなら、クリスマスや正月は、祝うわけでもなく普段どおり過ごすだろう。

もしも彼がいなければ、カズエとこうしていられなかっただろうと思うと、今のこの時間が、かけがえのないものに思えてくる。父の葬式が終わってから、つい二週間前までの間、豊かな気持ちになったことが自分にあっただろうか。

彼は今ごろどこにいるだろう。

コンロの火を切る音がした。

「そうだ、ねえ、クラッカーを買ってこようか。クラッカー好き？」

頭の中に、円錐形にひものついたクラッカーを思い浮かべ、心が躍った。

「ものすごく好きかも」

ひもをひいた瞬間、くるくると巻かれてあった細長い無数の色紙が飛び出す。その光景を見ることはできないものの、破裂する手応えや、手に残る余韻が楽しそうだった。

「火薬の残り香が鼻をつんとさせるところとか好きかも」

「それじゃあ私、買ってくるわ。コンビニにあるよね」

往復で、十五分くらいだろうか。カズエが戻ってきてから、ケーキを切ることにした。

カズエを見送るついでに、郵便受けを覗こうと思った。自分に手紙を出す人間などほとんどいないが、何かハガキが来ているかもしれない。ミチルには読むことができないため、家にカズエがいるときを見計らって、読んでもらわなければならない。

「そこのコンビニになかったら、もうひとつ先まで行って探してくるよ」

カズエはそう言い残していった。門に手を置いて、彼女の足音が遠ざかっていくのを聞く。

空を見上げると、暗闇の中に、小さなぼんやりとした赤い点がある。ほとんど視力のない中で、輝いている太陽はそう見える。見え方から、空が曇っているかどうかや、現在の時間をおおまかに知ることができた。

今は快晴で、正午過ぎの時間だ。それなのに空気は冷たく、突き刺すほどの痛みさえ感じる。

彼はこの寒い中、今ごろどこで風を防いでいるのだろう。今朝からずっと、アキヒロのことを考えていた。カズエと話をしていても、「ジングル・ベル」の鼻歌を聞いていても、思考のいくらかは常に彼のことへ費やされる。

テレビをつけてニュース番組にチャンネルを合わせていても、彼の話題など出てこない。はたして彼が逮捕されたとき、ニュースでそのことが報道されるのかどうかはわからない。彼がつかまったという程度のことは、ありふれていてニュースにならないのだろうか。それでももしかしたらという思いから、カズエがビーフシチューを作っている間も、ニュース番組を探してしきりにチャンネルを替えていた。彼の行方がわからないということが不安だった。

門に埋めこまれている郵便受けを手探りし、中を確認する。配達されたものは、何もない。

そのとき背後に、だれかの立つ気配がした。靴が地面を踏むかすかな音を聞く。

「……困ったな、どんな言葉で話しかけたらいいのかわからない」

聞いた回数は少ないが、確かに聞き覚えのある男の声だった。

「大石さん……?」

振りかえって、ごく自然にその名前が口からもれた。

「名前まで知っていたのか」

彼の声に、さほど驚きは含まれていない。ただ、ひどくくたびれているような気配がある。今までどこにいたのだろう。胸が締めつけられる気がした。

心を落ちつけようと思った。あがってしまい、頭が熱くなっていくのがわかる。ずっとそばにいて生活していたはずなのだが、向かい合って話をしているのが照れる。

「私は……、いなくなったものだと」

「本当はそのつもりだった」

わけがわからない。ほとんど無意識に手をのばして、声のするあたりの闇を手探りする。

「名前を知っているということは、駅で起きたことも……?」

指先が、本来はなにもない虚空の中で、何かに触れた。昨日、彼に貸したコートの生地と、同じ肌触りだ。ミチルは、彼の質問に頷く。

「駅員の方にも、話を聞きました」

「無実なんだ」

「え？」

「犯人は別にいる」

厳しい声で彼は言った。その言葉に、再会した照れや動揺は消え去った。急激に体温の下がっていく気分を味わった。

彼は駅であったことを簡潔に説明した。印刷会社に勤めており、そこの先輩である松永トシオという男に対して、確かに殺意を抱いていたこと。しかし、実際は女が彼をつき落としたこと。一度、彼を殺そうとした後ろめたさがあったため、駅員が走ってきたときに逃げ出してしまったこと。ミチルは動かずにじっとして彼の言葉を聞いた。

「女をつかまえなければいけないと思った。そこで、駅を見張っていようと考えたんだ」

ミチルは理解した。

「それで、うちの窓から……」

「勝手にあがりこんですまない」

「謝罪はそれだけですか？」

ためしにそう言ってみると、彼は困惑したように口籠もった。別に怒っていないのだと知ってもらうために、ミチルは笑みを浮かべた。

「後で、ちゃんと謝りにくる。今はやらないといけないことが……」

彼はそう言うと、警察に行こうとしたことを説明した。いつまでもミチルの家にいては迷惑がかかると考え、真犯人である女を自力で見つけることは断念したという。

「自分が無実であることを警察に言ったほうがいいと思った。もしかすると最初からそうするべきだったんだ。でも、もう大丈夫」

「大丈夫？」

「犯人の手がかりを見つけた」

ミチルの手に、氷のように冷たいものが触れた。彼の手だとわかった。ミチルの指を広げさせると、何かを握らせた。紙のように薄いが、硬さや大きさ、手触りから、どうやら写真であるらしいことを知る。

「きみは公園で、いつか写真を撮ってもらったね？　その写真が数枚、コートの中に入っていた」

カズエの顔を思い出した。あのときの写真のことは、すっかり忘れていた。

「中に一枚、どこかの店内で撮影されたものがあった。店のウェイトレスらしい女性と並んできみが写っている」

ハルミの顔を思い出す。彼女と並んでいるところを、カズエが撮っていた。

「そのウェイトレスが犯人だ」

彼の言葉は静かで、低かった。辺りに立ち込めている暗闇の底を這って耳に届いたような気がした。

意味がわからなかった。彼は何を言っているのだろう。

そう思っている間にも彼は、彼女を見つけるためにその店を教えてほしいと言う。

ハルミの、ゆっくりとしたしゃべりかたを思い出した。いっしょに食事をしていると、料理をいっそうおいしく感じさせるような、あの声。彼女が駅で、そんなことをするはずがない。

いつのまにか手の中に写真がなかった。取り落としたことに気づかなかった。

「以前、そのウェイトレスが松永といっしょにホームに立って親しげに話をしているのを見たんだ」

二人はつきあっていた。しかし松永はすべて遊びのつもりで、同僚に彼女のことを話して笑っていた。アキヒロはそう説明する。

ミチルは首を横にふった。

「なんでそんなことを言うんですか……！」

声がまともに出せず、語尾が裏返った。

「友達なのか？」

ミチルは頷く。

「いつから？」

何も考えられない。頭の中が混乱した。それでも、自分のしなければならないことをかろうじて見つける。

「……わかりました」

ひとまずそれだけを言って、幾度も頷く。心を落ちつけようとする。

「後で……、後でその店に案内します。場所はだいたいわかるんです。だから、もうしばらく待っていてください。支度とかあるし、カズエもうすぐしたら帰ってくるはずだから」

わかっていた。どんなに否定しようと、自分は彼の言葉を強く信頼している。

しかし、せめて真実を、自分の口でハルミに問いたい。

「家のそばで待っている」

彼はそう言うと、家の壁に沿って遠ざかっていく。その足音が聞こえた。家の裏手に潜んで隠れているつもりらしい。

ミチルは空を見上げた。暗闇の中、はるか高いところに、蠟燭の炎より弱々しい赤い点が見える。あらゆるところが黒く塗りつぶされた世界の天辺《てっぺん》で、不吉に赤く燃えている。暗闇の中に溶けてしまいそうで、そうはならない。巨大な獣の瞳のように思える瞬間があった。

決心を固めて、家の中に入る。胸の中に、彼を騙してしまったことへの罪悪感があった。カズエに引っ張ってもらうばかりで、『メランザーネ』の位置はいまいちわからない。彼を案内することはできそうになかった。

ハルミが犯人だったなどということが、はたしてあるだろうか。玄関を上がり、廊下を歩きながら考える。

ハルミと知り合ったのは偶然だ。そして、彼女とはまた別の形でアキヒロとも会った。二人とはまったく別々に知り合い、彼らは本来、赤の他人同士であるのが普通である。しかし彼が言うには、一方は犯人で、もう一方は無実の罪でありながら逃げ出した容疑者だという。

まだ完全には信じられない。しかし、ハルミに聞けばわかるだろう。

廊下を抜けて居間に向かう。カズエの作ったビーフシチューの匂いが、鼻をくすぐった。

「ジングル・ベル」の鼻歌が聞こえる。彼女はよほどその歌が好きらしい。昼前にカズエとセットで現れて以来、ずっと口ずさんでいる気がする。

「ミチルさん、どこに行ってたんですか？」

居間の入り口に立つと、鼻歌をやめて彼女が言った。

「カズエさんは？」

「クラッカーを買いに行きました。カズエが戻ってきたら、ケーキを食べましょうね」

ええ。ハルミはそう言った。彼女はずっと、居間の炬燵に座っている。今日のゲストだから動かずにじっとしていてくださいと、カズエに言われているのだ。それで、ミチルがテレビのチャンネルをしきりに切り替えてニュースを探しているときも、彼女は炬燵にじっとして料理をするカズエと話をしていた。

ミチルは、居間に唯一ある窓のそばに近寄って、部屋の中心を向いて立った。窓に背中を向けた格好である。

居間の中はストーブで心地よく暖められていた。しかし、背後の窓ガラスを伝って、外の冷気が忍びこんでくる。首筋にそっと冷たい息を吹きかけられるような気がした。

アキヒロが戻ってきたことは嬉しかった。会話らしいことができて、本当に安心した。もしも自分にやらなければいけないことがなかったら、泣き出していたかもしれない。全身の肌が引きつり、震え出すような緊張に襲われる。暗闇の中、すぐそばにハルミはいる。今、この家の中にいるのだということを、彼にだまっていた。終わったら、彼が自分へ言ったように、すまないと謝ろう。

唇を開けて、ミチルは始めた。

「……ハルミさん、いろいろ質問しても、いいですか？」

彼女は雑誌か何かを読んでいたらしい。暗闇の中で、彼女のいるあたりから本を置く音がした。

「いいわよ。どんなこと？」

「恋人のことです。好きな人がいると、この前、言いましたよね……」

自分はどんな顔をしているのだろう。深刻な様子を覚られないよう、微笑んでいようと思っていた。

「ハルミさんの恋人の、職業を、教えてください……」

窓辺に寄りかかり、両手を窓枠に置いた。冬の冷たさがそこにまで宿っていて、手が凍《こご》えた。

「印刷会社に勤めているの」

彼女の答えは、ミチルを悲しくさせた。死んだ松永トシオが印刷会社に勤めていたことは知っていた。その返答が彼女の犯罪を証明したことにはならないが、直感的に、アキヒロの言ったとおり、ハルミの恋人と松永トシオは同一人物なのではと思う。

以前、ハルミの語った幸福な将来のビジョンを思い出す。好きな人と結婚して、家庭を持つという夢を、楽しそうに彼女は話して聞かせてくれた。その光に満ちた物語は、どんなに強く胸に焼きついたことだろう。

しかし、もうそのときは事件の後で、松永トシオは死んでいたはずなのだ。

「……どんな人、でした？」

「ゲームセンターにあるＵＦＯキャッチャーが上手なの。うちには、彼のとったぬいぐるみがたくさんあるわ」

会話もおもしろく、ずっといっしょにいても飽きないのだと彼女は言った。今日は都合があって会えないが、去年のクリスマスはカラオケボックスでずっといっしょに歌い続けていたそうだ。

「ミチルさん……？」

問いかけるように、彼女が声をかけた。

「具合が悪いの？」

その言葉で、自分がどんな表情をしていたかわかった。

心から、血が噴き出してきそうだ。服の上から、自分の心臓を鷲掴みにしたくなる。

アキヒロの話では、彼女は松永に裏切られたという。それでも彼女は、今でも好きな人のことを幸福そうに語る。もしも目が見えていたなら、楽しそうに微笑む彼女を見ていたかもしれない。そんな彼女に、自分がどんなことを言えただろう。

ミチルは、冷たい窓枠を握り締めた。

「そういえば、この前そこの駅から転落して亡くなった方も、印刷会社に勤務していたと聞きました」

「ニュースで、見たわ」

「ハルミさんもこの近くに住んでいるのだから、あの駅をよく利用していたんですか……？」

「……私は、あんまり」

彼女と知り合ってから、これまでのことを思い返す。それほど長いつきあいではないが、知り合いのほとんどいないミチルにとって、ハルミの存在は大きかった。

最初に彼女と言葉を交わした日を思い出す。彼女が、風に飛ばされた洗濯物を拾って訪ねてきてくれたのだ。

『友達なのか？』

『いつから？』

さきほどアキヒロの言った言葉が、頭の中で繰り返された。なぜ彼は『いつから？』などと質問したのだろう。

「あの事故、人がつき落とされたって、ニュースでは言ってましたね。犯人はもうつかまったのかしら？　確か、若い男の人が現場から逃げたって聞きましたけど」

ハルミの声がした。

「大石アキヒロ、という人が逃げたの」

ミチルはそう言いながら、ある可能性を想像し、窓のほうを向いた。呼吸が止まりそうだった。もしも目が正常なら、まさにその事件のあったホームが見えていただろう。ホームが見える窓だから、アキヒロはこの家にあがりこんで、居間に隠れ潜んだ。父の葬式の日も、この窓から、いるのかどうかわからないホームの母に向かって叫んだ。考えたことをふりはらおうとした。しかし、それが真実だとすると、悲しいことだった。

神に祈り、ハルミと知り合ったのは偶然だったと思いたかった。

知り合ったのは、松永トシオが殺されて、二日後のことだった。そのときには、もうアキヒロは警察に追われていた。ミチルは見逃していたが、テレビのニュースでも、彼のことを報道していたかもしれない。

それをハルミが見ていたらどうする。彼に罪を着せて、自分は逃げ切ろうと思うかもしれない。

「ハルミさん……、あなたの恋人の名前を教えて……」

窓に顔を向けたまま、彼女のほうを見ずに声を押し出した。まるで言葉のひとつずつが、重い鉛の塊であるような気がした。

しばらく彼女はだまった。不自然な沈黙だったが、やがて彼女は何事もなかったように答える。

「……言えないわ、恥ずかしいもの。結婚が決まったときに教えてあげる」

天使が笑ったような明るい声だった。それがいっそう、ミチルを心の中で絶叫させた。ほとんど肉体的な痛みさえ感じる。それでも、聞かなければならなかった。

「……あなたの好きな人は、もう死んでしまったのではありませんか」

長い沈黙があった。空気が固定されて動かなくなったように思えた。

遠くから、電車の音が聞こえてくる。毎日、よどみなく家の前を通りすぎる音である。重い金属の車体がゆっくりと駅に停車する。

ハルミの返事を待ったが、だまりこんだままなので、ミチルは口を開いた。自分の言葉が彼女の心を傷つけるかもしれないことはわかっていた。それでも彼女へ、静かに罪を告発した。

アキヒロの語ったことをより簡潔にして、あなたが押したのね、と話しかけた。

彼女のほうを向いていることはできなかった。両手を窓辺につき、体を支えていた。

やがて彼女の立ちあがる気配を、背後で聞いた。

「ハルミさん、はじめて会ったときのことを覚えてる？　あなたが洗濯物を持ってきてくれたの。でも、本当はあのシャツ、風で飛ばされたというわけではなかったのね？」

窓の向こう側で、電車が駅を離れる。車輪がレールを踏んで動き出す音が、耳に聞こえた。

「あなたは、うちを訪ねるきっかけがほしくて、干してある洗濯物から勝手に抜き取った」

窓から駅のホームが見える。だからアキヒロはここにいることを選んだ。しかし、駅のホームが見えるということは、その逆もある。

おそらく、彼女は見たのだろう。あの朝、駅のホームで松永トシオをつき落とした瞬間、正面にあるこの窓を見たのだ。

「つき落とした後で、窓の奥に立っている私に気づいたのね。そしてあなたは、犯行を見られたと思いこんでいた」

やがてハルミは、自分のかわりに他の男が犯人として追われていることを、テレビなどで知った。

立ちあがったハルミの足音が、背後に近づいてくる。どんな感情も表さない、ゆっくりとした足取りだった。畳の音はそれほどしない。体重が軽いのだろう。それでも彼女が、背中の後ろにそっと立ったのがわかった。

「あなたは、助かりたかった……」

彼女の気持ちを思うと、胸が苦しくなる。どのような形で、好きだった人の裏切りを知ったのかはわからない。しかしその瞬間、彼女の大切に抱いていた未来のビジョンは、音をたてて崩れ落ちてしまったのだ。それからは、地獄の底にいるような苦しみしか感じなかっただろう。

「自分の疑いが他人にかかっていることを知ると、急に、私のことが気になり始めた」

窓の奥にいた人間が犯行を目撃しており、そのことを警察に言われると、別の容疑者を追っていた警察が自分に目を向ける。だから、ハルミは目撃者をどうにかしたかった。

「ハルミさんは、私の目がほとんど見えないことを、訪ねてくるまで知りませんでしたね。……ごめんなさい」

ミチルは声を絞り出して謝った。ほとんど叫ぶようにして言わないと、言葉が出なかった。

「……あなたがうちを訪ねてきた理由、ほかに思いつかない」

あのとき、あなたは、目撃者である私を殺すつもりだった。

ミチルが振りかえると、暗闇の中でハルミの動く気配がした。首に何か冷たいものが巻きつく。彼女の手だと、すぐにわかる。

強く、しまっていく。首のまわりが圧迫され、呼吸ができなくなった。

ふりほどこうと抵抗はしなかった。殺されるという恐怖も、怒りもなかった。息苦しいというよりも、ただ悲しさのために胸が痛んだ。

頭の中がしだいに熱くなっていき、ほとんど何も考えられなくなる。そんな頭の片隅を、アキヒロに対する気持ちがよぎった。申し訳ないと、感じていた。

暗闇が赤く染まっていく。光を失って暗い世界しか見えないはずだったが、ミチルの周囲は一分の隙間もなく黒色から赤色へ滲んで変化していった。

耳鳴りがする。血管の脈打つ音も聞こえる。それらにまじって、玄関のほうから音が聞こえた。遠ざかる意識の中で、ただいま、というカズエの明るい声を聞いた。

急に、首のまわりから力が消える。ミチルは解放された。膝をついて、咳きこむ。口の中に血の味がする。

咳が終わると、膝をついたまま両手を伸ばしてハルミの体を探した。頭の中にはまだ赤色の霞《かすみ》がかかっており、手を持ち上げるだけでも困難だった。まるで他人の体を動かしているようだった。それでも指先が、目の前に無言で立ちすくんでいる彼女の体を探り当てた。

両腕を彼女の体にまわし、強く抱きしめる。彼女の体は細く、はかない存在に思えた。そんな彼女を思うと、胸が潰れそうだった。

私はあなたのために泣こう……。

首をしめられたのと、嗚咽《おえつ》で喉が震えるせいで、ほとんど声にならなかった。

私の目は光を忘れ、もう何も映さない。しかしあなたが暗闇の中で頭を抱えてうずくまっている姿が、私には見えるのだ。恋人の裏切りを知ったあなたが、絶叫し、トイレでものを吐いている姿が私の目には映っている。世界があなたに対して行なった仕打ちを、どうやって慰めていいのか私にはわからない。体に腕をまわして抱きしめる以外に、どんなことをしてあげればいいのかわからない。

せめて私は、あなたのために泣こう。悲しんであげることで、傷つけられたあなたの魂が少しでも癒えるのなら、いくらでも涙を流そう。自分の嗚咽だけでは足りないかもしれないが、それでも私はあなたのために祈ろう。

だからもう、これ以上だれも傷つけないでほしい。恨まないでいてほしい。少し時間がかかるかもしれないが、あなたにひどいことをしたこの世界を許してあげてほしい。

□□□□

アキヒロは家の陰に隠れて待っていた。家の壁と塀の間に、人間が一人だけ通れる程度の隙間がある。そこを壁面に沿って歩き、木造の壁と、隣家との境にあるブロック塀との間に体を潜ませた。

狭い空間である。見上げると、建物にはさまれた細長い青空があった。ほかには何も見えない。まわりにあるのは壁と塀だけである。

座って、頭を低くする。日の当たらない場所であるため空気は冷たく、靴の中のつま先までが凍えた。昨晩、街中を歩き回っていた疲労が加わり、眩暈《めまい》がしそうになる。アキヒロは目を閉じた。

静かな時間が流れ、やがて電車の音を聞いた。レールの継ぎ目を踏む音が、空を渡り、日陰に隠れているアキヒロの耳にまで届く。電車は、駅で止まったらしい。耳をすますと、ドアの開く音まで聞こえた気がする。

去年の五月を思い出した。当時、アキヒロは印刷会社に入社したばかりで、まだ仕事もろくにこなすことができなかった。通勤のために電車を利用していたが、出社するため朝早くホームに立っているのが苦痛だった。

毎朝、駅のホームに立ち、構内に流れるアナウンスを聞く。それだけで、手の中に汗がにじんだ。わけのわからない疲労と息苦しさが、常にあった。頭がいつも重く、首をうなだれて電車を待った。

そんなときだった。視線を上げると、窓があることに気づいた。

向かい側のホームが、視界を横切っている。それを越えた先に、木が並んで植えられていた。駅のすぐ隣に建っている古い家の窓が、ちょうど木の間から見えた。

最初は、何気なく窓を眺めていた。そのうちに、若い女性が奥から現れて、窓を開けた。顔色の悪い、憂鬱そうな人だった。

電車が到着して、すぐに彼女は見えなくなった。

それからも時々、出社のために電車を待っていると、彼女を見ることがあった。窓を開ける時間は、いつもだいたい、朝の七時から七時半までの間だった。それは、出社するため駅にいる時間と重なっていた。

六月のある日のことだ。

梅雨で、雨が景色を濡らしていた。空には灰色の雲があり、辺りは昼だというのに薄暗かった。空から絶え間なく落下する雨滴が、遠くまで続いているレールをかすませていた。

ホームのコンクリートには水溜りができて、そこに波紋が生まれては消えていた。ホームの端に、突起が並んだ黄色のブロックが並んでいる。多くの人に踏まれて、突起の黄色に泥が黒くついている。降り続く雨はその泥も流そうと濡らしていた。

休日だったが、アキヒロは昼から出勤するよう言い渡されていた。前日に同僚の一人が仕事でミスをしていたため、その穴埋めのための作業があった。電車を待ちながら、雨音を聞きながら、くずおれそうになる体をなんとか支えていた。

ホームには申し訳程度の屋根があり、その下にいれば雨に濡れなかった。アキヒロは、片手に畳んだ傘を下げて、目の前に横切っている線路を見つめた。濡れたレールの錆は、しきりに雨に打たれていた。濡れた錆の臭いが、鼻まで届いてきそうだった。

ホームの向かい側にある家の窓が、視界の中にあった。しかし、そのときはまだ、アキヒロは窓に対して何の関心も抱いてはいなかった。先月以来、幾度かその奥に見え隠れする女性を見たことはあったが、道端で通りすぎる他人と変わらなかった。他人に対しては、無関心だったのだ。

憂鬱な気分で電車を待っていると、聞き飽きたアナウンスが流れた。それを聞くと、いつも死にたくなった。生きていく気力が失《う》せて、ただ重い疲れのみが心の中を占める。線路の先に目をやると、乗る予定の電車が近づいてくる。

そのとき、どこかで女の声がした。

向かい側に見える窓が、開いていた。黒い服を着た女性が、窓辺に立っている。喪服だろうかと、アキヒロは思った。

距離があったためによくわからなかったが、彼女は泣いているように見えた。

「お母さん！」

窓枠を強く握り締め、全身を震わせて声を絞り出し、同じ言葉を繰り返す。視線が定まっているようには見えなかった。しかし、アキヒロの立っているホームを確かに見ていた。

彼女の声の震えは痛ましく、暗闇の中で迷子になり、必死に母親を探す小さな子供の声に聞こえた。自分はここにいるのだと知ってもらうため、心から搾《しぼ》り出した呼びかけだった。

お母さん！　私はここにいる！

アキヒロには、そう聞こえた。

電車が駅に入ってきて、ホームに止まる。金属の四角い車体が、彼女のいる窓を遮った。

圧縮された空気の音を出して自動ドアが開き、電車内に乗りこんだ。すでに彼女の叫ぶ声はやんでいたが、アキヒロの内側にはこだまし続けていた。

電車内にはほとんど乗客がいなかった。アキヒロは、広い車内の真ん中に立ち、つり革につかまった。片手で傘をぶら下げていた。

電車の窓から、彼女のいた窓を見る。ガラスについた水滴が邪魔をする中、彼女の姿はよく見えた。四角い窓の奥に、放心したような表情で立っている。

電車がゆっくりと発車する。その直前、一度、身じろぎするように車体が震えた。車内に下がっているつり革がそのとき、一斉に同じ方向へ揺れた。

彼女の声が耳から離れようとしなかった。何か神聖なものに触れた気がしていた。

彼女のいる窓が、他の景色と一緒に後方へ遠ざかる。小さくなり、やがて雨でかすんで消えた。後は車輪がレールの継ぎ目を踏む音だけが残った。

少し離れた席で、アキヒロと同じように遠ざかる窓をいつまでも眺めていた人がいた。

さきほどまで、同じホームで電車を待っていた女性だった。椅子に座った状態で首をひねっているため、アキヒロからは彼女の顔が見えなかった。彼女の傘は椅子に立てかけられていて、先端から水溜りが、床に黒く広がっていた。彼女も喪服を着ており、窓がはるか遠くに消えてしばらくたっても、静かに後方を向いたまま動かなかった。

アキヒロは目を開ける。

思い出の中へ深く入りこんでしまっていたのか、それとも疲労のために眠りかけていたのか、すぐそばまで人が近づいてきているのに気づかなかった。

「……大石さんですか？」

ミチルの友達が、座りこんでいるアキヒロを見下ろしていた。カズエという名前の女性である。彼女は不安そうな顔をしていた。声をかけたのも、ためらった末のことだろう。表情から、そうであることがわかった。

アキヒロは頷く。

「ミチルが、呼んでます……」

詳細は何もわからなかったが、予感だけはあった。アキヒロは立ちあがった。

カズエが玄関のほうへ歩き、それについて行く。家の壁と塀との間を、連なって進む。後ろを歩くアキヒロを意識して緊張しているのが、彼女の後ろ姿からわかった。

二葉カズエを最初に見たのは、去年の夏だった。まだそのときは、彼女の名前などわかっていなかったが、駅のホームでミチルと立っている場面に遭遇したのだ。そのころまだ、六月に聞いたあの叫び声がずっとアキヒロの耳に残っていた。一週間が経過しても消えず、ホームに立つと、自然に窓へ目が行くようになっていた。

七月に入ったある日の夕方、アキヒロが電車を降りた駅のホームに、窓の奥に見かけた女性と、その友人らしい人物が現れたのだ。二人は話をしながら、アキヒロの横を通りすぎようとした。

「ミチル、一人暮しをしながら、なにやって時間つぶしてるの？」

彼女の友人の質問が、アキヒロの耳に届いた。窓の奥で見かけていた女性がミチルという名前であることと、一人暮しをしていることを、そのときに知った。

「眠ったりしながら……」

ミチルという女性はそう返事をする。

アキヒロは立ち止まり、二人の後ろ姿を振りかえって見た。ミチルは友人の腕にそっと手を置いて歩いていた。視力に障害があるのだろうか。彼女の友人が、歩くことの手助けをしているようだった。

夏の強い日差しの中、電車とホームの間にある隙間を、ミチルはこわごわと、余計に大きくジャンプして飛び越えた。

それから、よく、彼女が窓を開けるのを見た。秋になってもそれは続いた。涼しくなった風がホームにはさまれた線路の上を通り抜け、窓辺に立っていた女性が家の奥に消えるのを見た。

会社へ行くのはいつも気の滅入ることだった。しかし、ホームに立って窓を見ていると、硬くなっていた心がほぐれていく。なぜそうなるのかはわかっていた。

「……私には、何が起こったのかわからないんです」

カズエがそう言いながら、玄関から家の中に入る。心配そうな表情をしていた。

「……大丈夫」

アキヒロはそう言って、彼女を安心させた。

玄関口に立って、目の前にまっすぐのびている廊下を見た。床板は濡れたように艶があり、窓から入る光が反射したところは、白く輝いている。クリスマスの特別な料理でも作っていたのだろうか、いい匂いがする。

十二月の冷たい空気が張り詰めている。家の奥から、喉を震わせてもれてくる嗚咽が、かすかに聞こえてきた。静かで濃密な悲しみの気配が満ちていた。

第五章

アパートの大家《おおや》に出ていってくれと言われたのは、事件の終結から一週間後、つまり大晦日《おおみそか》のことだった。

事件が解決して疑いが晴れても、アキヒロに対する周囲の視線は厳しかった。人の死んだ場所から逃げ出して二週間も姿を消すなど、良識があればしない。まして、本当の犯人を目撃していながら、警察へ行こうとしなかったのだ。会社の同僚や、アパートの周囲に住む住人の目は、無言でアキヒロを非難した。アパートを追い出されるのも仕方ないと、アキヒロは思った。

恐怖のためについ逃げ出してしまい、自分が疑われてしまって、出ようにも出られなくなった。警察にはそう説明した。ミチルの家に潜んでいたことは黙って、彼女は友人だったことにして話を合わせた。駅から逃げた二週間、いろいろな場所をさまよっていたことにすると、警察はほとんど何も疑わなかった。ハルミという女性が自供したために、警察はもう人を疑う仕事をしなくなっていた。

警察からの帰り道に会社へ寄った。アキヒロの姿を見かけた会社の人間たちが、作業の手を休めて何か小声で話をする。それらを無視して事務所へ歩き、アキヒロのいた部署の上司に辞表を出して立ち去った。

出口へ向かっていたところ、廊下で若木とすれ違った。できれば彼には会いたくないと思っていたのだが、どうやら彼のほうも同じことを考えていたらしい。

目が合ったとき、彼は戸惑っていた。アキヒロが頭を下げると、彼は青ざめて廊下の端に体を避けた。恐怖するような顔で、壁に背中をつけて立つ。彼の前を通りながら、若木はまだ自分を疑っているのではないかと思った。おそらくロッカー室で言ったことが原因だろう。

会社を辞めることに抵抗はなかった。残って働いていても、常に松永トシオの影を見てしまい、気の休まるときなどないにちがいない。無遠慮な視線と陰口に耐える気力もアキヒロにはなかった。

それに、辞めたとしても会社には何も残していなかった。そのことを、悲しく思う。

大晦日の午後、大家から部屋の退出に関する話を聞かされた後で、ミチルの家に向かった。

クリスマス以来、彼女はふさぎこんでいる。だから、できるだけ訪ねて元気づけてあげてほしいと、カズエにも言われていた。

　暮れていく太陽が、線路と道の間にある金網越しに見えた。冷たく透明な空気の中、普段は緑色の金網が、夕日を背景に黒く染まって見える。寒さに震えながら歩くアキヒロの横を、子供の乗った自転車が通りすぎていく。

　家族のことを思い出した。大晦日になると、母はカップ麺のそばを大量に買いこんでいた。今もそうしているのだろうかと考える。年が終わっていくのを感じた。

　ミチルは厚く服を着こんでいた。咳をして、風邪をひいたみたいだと言う。アキヒロを居間の炬燵に座らせると、いつものようにストーブの前で体を丸め、悲しい顔をしたまま考えごとを始めた。

　彼女は部屋の電気をつけるのも忘れているらしい。暗い家の中に、ストーブの黄色い炎だけがあった。彼女にとって部屋の電気はさほど重要でなく、忘れていれば、そのままでもかまわないにちがいない。アキヒロはあえて明かりのことを指摘せずに、読もうと思って途中で買った就職情報誌をかたわらに置いた。

　窓の外は濃い青色に染まり、潮が満ちて砂浜を覆うように、やがて居間に音もなく暗闇が満ちていく。

　駅のホームにある蛍光灯の明かりが窓から忍びこみ、部屋の隅を薄く照らしはじめた。

それ以外に部屋の明かりといえば、ストーブのやわらかい炎だけである。

ストーブの前で、彼女は膝を抱えている。ストーブのほうを向いて座っているため、アキヒロには丸めた背中しか見えない。その背中には、濃く影が落ちている。しかし輪郭は黄色く暖かい色に染まり、肩にかかっている髪の毛の間から、かすかな炎のゆらめきが透けて見えた。

ハルミという女性のことを思い出しているのだろう。一週間、ずっと彼女はそうしていた。カズエと二人で警察に行き、ハルミに会おうとしたらしいが、追い返されたという。

彼女はハルミのためにずっと泣き続けている。泣き声も、涙もなかったが、背中に影をつけて座っている彼女を見ていると、胸の内にある悲しみが見えるようだった。そうすることで、少しでもハルミの抱えている苦痛が和らぐと、彼女は信じている。

踏切りの警報機の音が聞こえ、窓の外を電車が通りすぎる。音が遠ざかり、小さく消えていく。

読まずにかたわらへ置いている就職情報誌が、窓から入るかすかな明かりのため、暗闇に浮かんでいる。頭の中に、印刷会社のことが思い出された。

これまで自分は、人との接触を避けるようにして生きてきた。会社の同僚たちとも、クラスメイトたちとも心を通わせなかった。心のどこかでは、まわりで群れているものたちを軽蔑していた。そのくせに孤立して攻撃されると、深く傷つくのだ。

本当はおそらく、みんなにあこがれていたのだろう。印刷会社の喫煙所や、学校の教室で、自分も周囲の人間と同じように明るく声をかけあっていられたならよかった。

まわりで群れている者たちに対して抱いた軽蔑は、仲間に加わるのを諦めるため、そしてあこがれを抱かないための選択だったように思う。だからといって話を避けていても、悲しいことしかないというのに、そうやって身を守るしかできずにいたのだ。

会社でも、教室でも、どこにいても自分のいていい場所はここではないという気持ちがしていた。居心地が悪く、緊張し、息のつまる思いを常に味わっていた。

会社に辞表を提出したとき、自分にはためらいがなかった。別れ難い友人も、忘れ難い思い出も、何も会社にはない。その場所に自分という人間がいたというどんな痕跡も残していなかったのだ。それが悲劇であることなど、以前は考えもしなかっただろう。

しかし今は違う。

十二月十日、アキヒロはこの家へ入りこんだ。

玄関に出てきた彼女を避けて家に忍びこみ、駅の見える窓のそばに座った。心を占めていた殺意が消えて、脱力感があった。それと同時に、犯人を見つけなければならないという真剣な気持ちもあった。

しかし、自分を微動だにさせず、どんな長時間でも物音をたてさせなかったものは、犯人を見つけなければならないという使命感ではない。自分が無実の罪で逮捕されるのを防ぐ保身のためでもなかったのだ。

実際は、ただ恐怖していたにすぎなかった。住人である彼女が自分の存在に気づき、絶叫し、嫌悪感を露《あらわ》にすることが恐ろしかった。そのために音をたてまいと必死になっていたのだ。

つきあいのない人間から否定されることは、すでに中学のときから学んでいた。しかし彼女からもそのような態度を見せられることが、どんなに自分を絶望させるかわからない。その様を幾度も想像して震えた。実際、そうなってもおかしくはない状況だった。

しかし彼女はそうしなかった。存在に気づいても、ただ自分に、いることを許した。これまで学校や職場で、その許された気持ちをはたして感じたことはあっただろうか。

かつて自分は、制服を着て勉強をしていた学校でも、作業着で仕事をする会社でも、いつも居心地の悪さを感じていた。どこに身を置いていても、手のひらに汗のにじむ緊張は消えなかった。はたして自分のいていい場所はどこなのだろうかと、考えたこともあった。しかし必要だったのは場所ではなかった。必要だったのは、自分の存在を許す人間だったのだと思う。

アキヒロが声をかけると、ミチルは身じろぎして振り向いた。ほとんど太陽を知らない白い頬を、ストーブの暖かい炎が黄色く染めていた。暗い部屋の中に、その部分だけが浮かび上がる。視線は闇の中に向けられていたが、耳は確かにアキヒロへ向けられ、言葉を聞き漏らすまいとしている。

アパートを追い出されたんだ。

そう話をすると、そこが空いてますよと言いながら、彼女は居間の片隅を指差した。

彼女とは拙い存在の確かめ合いしかしなかった。しかしその中で、他人という存在が自分を傷つけるばかりのものではないのだということを、静かに教えられた。

一人で外を歩く練習は……？

そう尋ねると、彼女は黙り、口を尖らせた。

一人で歩く練習、もちろんやるつもりですとも……。

彼女はうつむいて、自信なさそうに言った。

少しの時間、横顔を見つめた。食事をしていないのだろうか、この家に隠れていたときに比べて、頬がこけている。

しばらくためらった後、正直な気持ちを話すことにした。

きみを元気づけたい。でも、その方法がわからないんだ……。

ミチルはうつむけていた横顔をアキヒロに向けた。

……どんな言葉をかければ、落ちこんでいる彼女の心が軽くなるのだろう。この一週間、ずっとそのことばかり考えて過ごしていた。しかし、何もしてやれないまま、結局、今日になった。

困惑して息苦しそうにしている大事な人を前にして、かけてあげるべき言葉が見つからない。どうすれば助けてあげられるかがわからない。もっと自分が、気の利いた人間ならよかった。他人とまともな接触をしてこなかったから、どうやって慰めたらいいのかがわからず、胸が苦しい。

でも、よくこんな想像をするのだと、アキヒロはミチルに語った。

今は冬の真ん中で、寒い日が続いている。

しかしもうしばらくすると外は暖かくなるだろう。空気の冷たさで、手足の先がじんじんとしびれることもなくなる。

公園の木々は新しい芽の匂いを風に乗せ、緑色の葉をつけるだろう。その明るい日差しの下をミチルが、不安のための陰りも、萎縮もなく、まっすぐな顔をして歩いている。

そういった光景を、この家に隠れて膝を抱えていたときから頻繁に思い浮かべていた。

そんな日がきたらどんなに嬉しいだろう。

だから、もう少ししたら、ちょっとだけ泣くのを中断して、いっしょに外へ出かけよう。図書館に行って、点字の本を借りてくるのもいい。一人で歩く練習は最初のうち恐いかもしれない。でも、支える人がそばにいれば、きっと大丈夫だと思うから。

彼女は目を閉じて、深く頷いた。

あとがき

この本は、「警察に追われている男が目の見えない女性の家にだまって勝手に隠れ潜んでしまう」という内容です。幻冬舎から本を出させていただくのは、『死にぞこないの青（以下、『青』と略記）』に続いて二度目になります。無事に出版までたどりつくことができてほっとしています。

今回、『暗いところで待ち合わせ』を執筆した経緯をお話しするためには、まず『青』について説明しなければいけません。

『青』は、主人公の少年が、先生から地味にいじめられるという物語でした。時代背景をちょうど僕が小学生のころに設定して、好き放題に書かせていただきました。

しかし『青』には、プロットの段階で、完成作品にないエピソードがありました。それは、「主人公の少年が先生のいじめに耐えきれなくなって逃げ出し、目の見えない人の家へ勝手に隠れる」というエピソードでした。

僕はその部分を削って、単純明快な物語にしてしまいました。

今回の『暗いところで待ち合わせ』は、その切り捨てたエピソード部分を、ひとつの作品としてまとめたわけです。正直に言うと、捨てたエピソードがもったいなかったのです。枯渇する資源を大切にしなければと思いました。僕は大学でエコロジー工学を専攻していましたし。

それにしても悪趣味になりそうな設定だと思いました。シリアスにやればいいのか、コミカルにやればいいのか、頭を悩ませながら、結局、このようなバランスになりました。完成した今、感慨深いという気持ちがすべてです。

担当の日野さんには迷惑をかけ続けました。印刷所のことを教えてくださった石垣さん、感謝です。その他、関わってくださった方々、どうもありがとうございます。

ところで余談ですが、体重の話をしてもいいでしょうか。

『青』の主人公は少し太りぎみの少年です。これは僕が、学校一の肥満児だったためです。『青』を読んだ叔母が、あの主人公は子供の僕を思い出させると感想を述べました。今、思い返せば、マンガとプラモデルとゲームしかない日々でした。

肥満児の僕はそのまま太り続け、福岡の高専に通っていたとき、ついに八五キロまで重くなりました。おそらく、家で食べる夕食とは別に、下校途中で食べていたカレーが原因だったにちがいありません。しかも、いつもチーズのトッピングを注文していました。溶けたチーズの糸をひく感覚が好きでした。しかし人前で食べていると、チーズの糸が唇からだらりとたれるのはどうにかなりませんか。いえ、そんな話をしたいわけではないのです。

三年前に大学へ編入学して一人暮しをはじめた僕は、ダイエットをしました。その結果、二〇キロほど痩せました。今の体重は六五キロです。身長から換算すると、『適正体重』と『痩せすぎ』との中間あたりに位置しています。ダイエットというのは、肉体改造みたいで、はまるとおもしろいものでした。筋力トレーニングをする人の気持ちが少しわかりました。

なぜこんな余談を長々と続けているかというと、先ごろ他の出版社から刊行したアンソロジーで、僕は自分の体重を七五キロだと誤って書いてしまったからです。出版社から送られてきたその本を開いて体重の誤りを発見した夜、どんなに悲しかったことでしょう。枕が涙で濡れました。

いや、そもそも、なんで著者紹介のところに体重などを書いているのかがよくわかりません。書いたのは僕ですから、自分のことが自分でよくわかりません。

そのようなわけで、あのアンソロジーを読んだ方の中で、著者紹介から僕の姿を想像した方がいらっしゃれば、その想像から一〇キロほど差し引いてください。あるいは、一〇キロをプラスして、最重量時の作者を思い浮かべるのもいいかもしれません。

このような、作品と無関係なことを書いていていいのでしょうか。もしも僕に、ダイエット本の依頼などがきたらどうしましょうか。ちなみに、僕の感じたダイエットのコツは、「死を恐れてはいけない」でした。脳の収縮する音が聞こえるまで食べなければ、人間は痩せられるのだなあと思いました。その他に何もアドバイスなどはないので、ダイエット本など書けません。とくに、「健康的に痩せる」という内容のものは書けません。

あ、それと、ここ数年、ＤＤＲ（「ダンス・ダンス・レボリューション」というダンスのゲームのことです）ばかりやっています。遊んでいるうちに、ばりばりとカロリーが吸い取られていきました。もともとゲーム好きなのです。これのいいところは、テニスなどとは違って、知り合いが一人もいなくても、家で引きこもった状態でやれるということでしょうか。今では、最高の10レベルを普通に踊れるようになりました。

さりげなく自慢をしたところで、そろそろ終わりにします。実はＤＤＲのことをもっと書きたいのですが、この本の内容からもっともかけはなれたことのような気がするのでやめておきます。

　まとまりのないあとがきですみませんでした。ちなみにさきほど体重計に乗ったら、六二キロでした。

　そして、この本のページを開いて、こんな文章をここまで読み進めてくださって、どうもありがとうございました。深く感謝します。

　執筆にあたり、次のホームページを参考にさせていただきました。

『眼の人』http://www.bremen.or.jp/bewell/b.html

二〇〇二年二月二十八日　　　　　　乙一

この作品は書き下ろしです。原稿枚数３４５枚（４００字詰め）。

暗《くら》いところで待《ま》ち合《あ》わせ

乙一《おついち》

平成14年4月25日　初版発行
令和3年3月25日　51版発行

発行人――石原正康
編集人――菊地朱雅子
発行所――株式会社幻冬舎
〒151-0051東京都渋谷区千駄ヶ谷4-9-7
電話　03(5411)6222(営業)
03(5411)6211(編集)
振替00120-8-767643
印刷・製本―株式会社　光邦
装丁者――高橋雅之

幻冬舎文庫

ISBN4-344-40214-6　C0193　お-10-2

幻冬舎ホームページアドレス　https://www.gentosha.co.jp/
この本に関するご意見・ご感想をメールでお寄せいただく場合は、
comment@gentosha.co.jpまで。